U0719598

武艺 / 著

ANZOU BIANXIANG

边走边想

山西出版传媒集团　北岳文艺出版社
BEIYUE LITERATURE & ART PUBLISHING HOUSE

· 太原 ·

图书在版编目（ＣＩＰ）数据

边走边想 / 武艺著. —太原 : 北岳文艺出版社，
2019.12

ISBN 978-7-5378-6096-3

Ⅰ.①边… Ⅱ.①武… Ⅲ.①散文集－中国－当代
Ⅳ.①I267

中国版本图书馆CIP数据核字（2019）第291331号

书　　名	边走边想
著　　者	武　艺
责任编辑	赵　婷
封面设计	阎宏睿

出版发行	山西出版传媒集团·北岳文艺出版社
地　　址	山西省太原市并州南路57号
邮　　编	030012
电　　话	0351-5628696（发行部）
	0351-5628688（总编室）
传　　真	0351-5628680
网　　址	http://www.bywy.com
E - mail	bywycbs@163.com
经 销 商	新华书店
印刷装订	山西基因包装印刷科技股份有限公司

开　　本	787mm×1092mm　1/16
字　　数	232千字
印　　张	16.25
版　　次	2019年12月第1版
印　　次	2019年12月山西第1次印刷
书　　号	ISBN 978-7-5378-6096-3
定　　价	38.00元

写在前面的话

出书是我多年来的一个梦想。一来，打小我就爱看书，对会写文章的人很是崇拜；二来，从1993年自己十九岁发表"处女作"到今天，已经写了不少年头，特别是在两个军级机关工作了十二年，写文章是一项很重要的工作，算算发表的各类文章也有几百篇了！写作是自己的一种状态，当然我也很清楚，自己写得一般，写得不好，不过既然写了许久也该需要归纳一下；再者作为一个平常人，用平常人的眼光看世界、想问题，还是有些感悟、感想的。

时过境迁，有些思想观点已经过时，有些文章受当时认知水平的局限，相当稚嫩。一并汇入，算是对过去、对年轻的一种回忆吧！

出书也绝无沽名钓誉、附庸风雅之意，主要给像自己一样的平常人、像自己一样爱写点东西的人带个头，闲暇时随便翻翻，给大家一点点启发吧！

目 录

军旅感想

工作思考

有感而想

文艺随想

人物纪录

边走边想

闲来之想

军旅感想

JUNLV GANXIANG

激动的时刻　一生的光荣

2017年6月22日，这是一个大喜的日子，也必将是值得我一生记忆的时刻。中共中央总书记、国家主席、中央军委主席习近平在太原亲切接见了驻晋部队师以上领导干部和建制团单位主官。自己作为其中一员，有幸参加了此次活动，亲眼见到了我们敬爱的习主席，感受到领袖风范、统帅风采。

早早地我们来到集合地点，静候着激动时刻的到来，约十二时二十分，习主席身着军装在中央军委副主席许其亮的陪同下，健步走进接见大厅，顿时雷鸣般的掌声响起，中部战区司令员韩卫国向习主席报告，习主席回答："我来看望大家！"之后与站在第一排的领导同志一一握手。当主席走到我们正前方时，距离我不到一米，我的心激动得快要跳出来了，真想伸出手和主席握握手。主席就座以后，中部战区政委殷方龙主持合影活动，一分半钟的主持词代表了全军官兵的心声，习主席作为人民领袖、军队统帅，为党为国为军为人民呕心沥血，日理万机，在百忙之中专门接见我们这些部队的基层主官，我们真切感受了习主席对基层的关怀，更感受到了他高尚的人格魅力和非凡的气度。

一次接见一生荣光！一次接见受益一生！

奋斗的人生最美丽

8月，我当战士时候的同班战友仲春林的儿子仲子健考入了国防科技大学，几个好朋友都争相安排请客，为他们祝贺。我跟老仲说，儿子考上这么好的军校，是对你二十多年打拼最大的肯定。今年，你是周围朋友当中最幸福的一个。"红色基因代代传，两代军人更光荣。"你既是光荣的退役军人，又是光荣的军属！我和老仲是1992年在一个班睡上下铺的好兄弟。想当年，他只身一人从江苏来到山西当兵。后来，他离开部队就留在山西发展。从打工做小工程开始，到如今事业有成的企业家，其中的艰辛，大家不难想象。山西到江苏，远隔千里，夫妻两地分居二十年，这是一段多么不容易的路呀！祝愿仲子健学业有成，将来当将军。

我的堂弟武术，是一个地地道道的在农村长大的孩子。他既有着传统农民的朴实厚道，又有着现在年轻人的智慧与机灵。他在老家祁县东观镇开着一家汽配商店，尽管当下生意并不好做，但弟弟依然在坚持。有时候看到他一整夜一整夜地不睡，挣些辛苦钱，真是心疼。老仲和我弟都是自己打拼的企业家，祝他们生意兴隆！

回顾自己的成长经历，不知不觉中军旅生涯已将近三十年，可以说，没有一天不努力，没有一点敢懈怠。如果说印象最深、感到最累的时刻，应当是在两个军级机关工作的十二年。从正连职进机关到调正团离开机关，加班加点是常态，文字材料没断过，组织协调没停过。晚上十二点之前能睡觉就感到很幸福，挨批评更是少不了的事。尽管我主观上很努力，但是谁也不敢说工作不出现失误，往往是干得越多，挨骂越多。但是，只有在锻炼中，在批评中，才会让人成长进步。这个进步，绝对不仅仅是职务上的进步，更是思想上、心态上、能力上的进步，这才是长远而根本的。

可以说，没有一个人能够随随便便成功。每个人的人生都有他的不容易，都需要去拼搏。幸福都是奋斗出来的，奋斗的人生最美丽！

军号声声催人进

据媒体报道，我军司号制度恢复和完善工作正有序展开，拟从2018年10月1日起全面恢复播放作息号。2019年8月1日起，全军施行新的司号制度。

据中央军委训练管理部部队管理局领导介绍，恢复和完善我军司号制度，是深入贯彻落实习主席关于继承和弘扬我军优良传统重要指示精神的重大举措，在强化号令意识、传承红色基因、推进正规化建设和提振军心士气等方面将发挥重要作用。

作为一名部队大院长大的孩子，我是从小听着军号声长大的。之后又参军入伍，每天在起床号音中醒来，投入到紧张的训练学习生活中，又在悠扬的熄灯号中休息。对军号的意义所在自然有所感受。

我军早在初创时期就建立了司号制度，它为保障战争胜利发挥了巨大作用。20世纪80年代以来，随着战争形态的演变和我军现代化建设的发展，军号的指挥通信功能逐步弱化，过去以指挥通信为主的军号功能定位，与时代之变、改革之变、战争之变不相适应。此次恢复和完善的司号制度，对军号的新功能和定位进行了调整与完善，以部队管理为主，兼顾指挥通信和军事文化建设功能。

军号是指挥号。三军将士，闻令而动。坚决听从党中央、中央军委和习主席的指挥，确保政令军令畅通和高度集中统一。

军号是集结号。全军官兵凝聚在党的旗帜下，党旗引领军旗，军旗紧随党旗，始终在党的绝对领导下行动和战斗。

军号是文化号。它是军营文化、军旅文化的重要组成部分，红色基因代代传，军号伴随着人民军队从无到有，由弱到强，聚集了人民军队诸多宝贵的精神财富。

记得我当兵时在团里总机班工作的时候，有一天中午，本来该是2点30分操课的号，团里电影组负责放号的同志提前了一个小时放号，1点30分的时候总机的铃声一阵响，团长、政委、参谋长、主任，都要电影组，询问什么情况。据说当天值班的战士，因为放错了号，受到了严肃的批评。

醉里挑灯看剑，梦回吹角连营。如今从军入伍将近三十年，从作战部队到省军区系统，再到服务保障老首长的军队干休所，虽然不直接担负作战训练任务，但我懂得服务保障好老首长，就是为备战打仗做贡献！我依然坚持每天早起，每天跑个三公里，多少次梦到，自己重返训练场，投入火热的训练当中去。

突然想起一首歌："这是一个晴朗的早晨，鸽哨声伴着起床号音。但是这世界并不安宁，和平年代也有激荡的风云。看那军旗飞舞的方向，前进着战车舰队和机群。上面也飘扬着我们的名字，年轻的士兵渴望建立功勋。准备好了吗？士兵兄弟们，当那一天真的来临，放心吧祖国，放心吧亲人。为了胜利我要勇敢前进，准备好了吗？士兵兄弟们，当那一天真的来临！放心吧祖国！放心吧亲人，为了胜利，我要勇敢前进！"

放心吧！一旦有战事，或组织需要，我必将义无反顾向前冲。

坚守信仰之高地

——聆听郑生有老首长报告之感想

　　早在3月份，研究筹划"传承红色基因，担当强军重任"主题教育和向"老红军，老八路，老解放"学习活动时，我和李邦虎所长就商量，我们服务保障的这些老首长都是从战争年代走过来的老英雄，他们不就是最正宗的红色基因吗？再有以我这么多年受教育抓教育的体会，向身边的典型学习学得最深，记得最牢，来得最快。所以，一定要请老首长给我们讲一讲。这位1929年6月出生、1946年11月入伍、内蒙古军区阿拉善军分区原副司令员郑生有老首长，欣然接受了我们的邀请，开始认真地备课。

　　干休所调整组建时间不长，各项工作千头万绪，请老首长讲课的事，一直没有落实。老首长多次主动请缨，直到9月6日，讲课的事终于落实。之前我和老首长说："看您的身体状况，毕竟九十岁了，讲上一个小时，也就可以了。"老首长手一伸，就讲三个小时。

　　9月6日上午8点30分，我简要地介绍了一下老首长的情况，老首长便开始授课。老首长从他出生在旧社会苦难的家庭讲起，到他从军入伍，参加了打临汾、打祁县、打太原、参谋学习、参加抗美援朝，再到进入新时代学习习近平强军思想，实实在在，真真切切，整整三个小时，老首长几乎没喝一口水，声音虽然不大，但讲得清清楚楚，没有反反复复，真的是让人敬佩。

　　听完老首长的报告，真是思绪万千，深受教育。老首长坚定执着的信仰，让我们敬仰。三个小时，老首长讲得最多的是对党的感恩，自己能够从苦难的孩子，经过努力，一步步成为师职干部。特别是现在习主席对老干部如此的尊重关心，干休所对老干部服务保障得这么到位，老首长真的特别知足感恩。老首长还教育我们要永远听党话，跟党走。下了课我和李所长继续聊郑司令的话题。李所长讲了两件事情，让我对这位老首长更加敬佩。老首长不仅是讲得好，更是做得好。2008年汶川地震后，老首长第一时间拿出两万元作为特殊党费上交组织，之后又交了一万元的特殊党费。前段时间，全军对住房情况进行摸底，老首长得知一个家庭只能享受一套经济适用房的政策后，主动让老伴儿把在呼和浩特的房子交回了原单位。这就是我们的老党员老干部老英雄！听党话，守规矩！

老首长那种孜孜不倦的学习精神，让我们敬仰。九十岁的老首长，依然每天关注关心着党、国家、军队的事业，关心着我们的工作，每天坚持读书看报看新闻。从老首长身上再一次证明了学习永远是我们安身立命之本，活到老，学到老。

老首长开朗豁达的性格，让我们敬佩。他工作起来严肃认真，生活当中轻松快乐。讲起战斗时候的小故事、小趣事，老首长几次自己笑了起来。我们几个战士讲，隔三岔五老首长见了他们，都会关心"找上对象没"，家里怎么样。革命人永远是年轻！祝愿老首长健康长寿，心情永远像今天的蓝天这样美丽！

军校同学

二十六年前，我在郑州上军校，有感而发写下了《自豪，军校生》一篇小稿，并发表在《太原日报》上，那时青春年少，意气风发，写的满是军人，带着军队院校学员的英气、豪气，可能还有点霸气！如今早已步入不惑之年，经过岁月的打磨、人生的磨砺，我身上多了些沉稳，甚至有了一些老气横秋。

步入中年，站在人生路上这个重要站台上，未来还有那么多美好的事情可以去憧憬。过往的人与事，也有了可以回忆、怀念的资本，一切都还美好！在漫漫人生路上，军校生活必然是其中最为亮丽的风景。

许多过来人都认为同学情、战友情是最纯洁最没有功利色彩的情谊。军校同学，既有同学之间那种青春年少的浪漫情怀，更有战友之间同甘苦共战斗的责任担当，真是一生难忘！

20世纪90年代初，我们上军校时军队的学历教育还是以中专、大专为主，一个院校每年只招一个本科队，其余多数为中专队、大专队。我们是一个中专队，都是从部队战士的身份考上的。印象中有一百五六十人考上，先后有王桐林、王建刚、杨洪良、罗俊四位队领导带我们，这几位队领导都是我们的人生导师，教我们抓管理、学专业、搞指挥、干工作，同学们毕业到部队任职，潜移默化都派上了用场。

紧张、艰苦还是军校生活的主色调。先是入学教育，8月底的郑州依然酷热，我们在烈日下完成了队列强化训练。冬季全副武装的徒步拉练，最后强行军，凌晨才赶回学院。毕业前赴确山靶场，连续七十二小时作业，从装载、铁路输送、摩托化行军、构筑工事、实弹射击，一气呵成，记得在一镐下去才能见一个白点的石子地上，全班挖了一晚上的火炮掩体，那是一项无法具体分工量化的任务，靠的都是觉悟和良心！作为班里十几个同学中年龄相对较小的我得到同学的帮助更多些，从中真切感受到团队的力量，真正感受到什么是团结互助！

那时我迷上了新闻报道，紧张的学习训练之后，业余时间基本都在琢磨挖新闻写东西。功夫不负有心人，1993年2月，我的处女作在《演讲与口才》发表，尽管只是四十五个字的"豆腐块"，我依然兴奋不已，毕竟变成了印刷体。之后，一些"小豆腐块"在《郑州晚报》、《郑州高炮学院学报》、《郑州法制报》、河南人民广播电台陆续发表播出，连续两年在学院寒暑假征文获奖，荣获新闻报道先进个人称号！那时候投稿都需要手抄，我的一手"臭字"不行，同学吴锡林写得一手漂亮字，这位老乡帮我抄了很多稿子。合作写过新闻报道的同学胡建兵，如今已是边防旅的政委。写新闻报道还要政治机关把关审核盖章，时任秘书科干事的杜建新是太原老乡，他没少帮我改稿把关。他现在还在学院工作，升任大校军衔好多年了！

还有一件值得记忆的事情，应该是1993年的元旦，队里组织联欢晚会，我和周加礼、史泽生、张云杰几个战友演了小品《紧急集合》，反映的是新兵入伍第一次拉紧急集合出的各种洋相，经过反复训练，素质得到了提高。演出后，节目反响很好。后来，我在部队一步一步成长，在各级岗位上组织协调了许多次大大小小的演出，在舞台上讲了若干次的话，但作为"演员"登台那是唯一的一次。

时光飞逝，岁月流转，一百多位同学大都脱掉军装，或计划安置，或自主择业，如今还在继续穿军装的不超过十人。他们无论在哪个岗位上都工作得有声有色，生活得也很幸福！

我们毕业分配是面向全军的，所以全国大部分省市都有同学，无论是出差、休假、旅游，只要联系上，同学都热情地接待，不管再忙都要见一面，不为别的，只为曾经在一起战斗过生活过，只为那份用多少金钱买不来的感情。

二十六年前，我曾写下了《自豪，军校生》，二十六年后，我自豪地说，我有那么多亲如兄弟的好同学、好战友——军校同学，他们是我一生的财富！

那支小小圆珠笔

时间过得真快，转眼军装在身已有二十余年，在此期间，我立过功，受过奖，拿过各种比赛的奖励不少，得过各式各样的奖品，但我却对一支普遍圆珠笔情有独钟，这支笔是我参加知识竞赛得的纪念奖奖品。

那是十五年前，我代表部队参加完驻地举行的知识竞赛，拿了大奖后不久，又带领两名战士参加旅组织的香港知识竞赛，刚从领奖台走下的我心想，在地方高规格的竞赛中，面对几十名对手都能过关斩将，脱颖而出，现在在部队内部自然就更不在话下。于是，我放松了对自己的要求，只把下发的资料背了背，没有认真查找资料充实自己，"准备打大仗"。

比赛开始后，有着"大赛"经验的我，带领两名战士"沉着应战"，在必答题、抢答题的比赛中发挥出色，比分暂居第一。我和战友们都以为稳操胜券，不免有几分沾沾自喜，开始有些掉以轻心。不料在最后一轮的风险题中却发生了意外，其他落后于我们的参赛队都答对了题，分数超过了我们。面对激烈的竞争应该是"心中有数"，于是我大胆地选择了三十分的题，却因没有经过充分准备，结果可想而知，主持人无情地宣布扣掉我们三十分。比赛结束，我们由第一名的位置，落到倒数第二名。

赛后，领导和战友们都安慰我们说："不要紧，胜败乃兵家常事。""那道题太偏了，答不上来不能怨你们"。面对大家善意的关心，我沉默不语，拿起那支奖给我的小小圆珠笔，认真反思：在胜利和小小的成绩面前，没有保持清醒的头脑，而是"沾沾自喜""自我感觉良好"，没做到"胜不骄、败不馁"，结果必然要尝到失败和挫折的苦果。

多年来，那支小小圆珠笔一直放在妈妈家的柜子中，闲暇时拿出来看看，让它时时告诫我，提醒我，走好人生的每一步！

在部队过年

当兵快三十年了，记不清2018年这个春节是在军营里过的多少个年了！回望军旅历程：当战士那几年，我的领导大多是老爸的老部下，一到快过年，连长指导员都会主动安排我回家休假，临回家前都会交代我回家后，代他们给老首长问好拜年，多陪陪家里人。考上军校后，有了寒暑假，春节也是在寒假的家里度过的。

军校毕业的我先是分到三十七炮连当一排长，干了两个月，就被营长教导员选中到营部当指挥排排长。虽然都是排长，但营部排长是营党委委员，政治待遇和连长指导员相当，一般干两年就能提升副连长。位置重要责任也当然要大，营部的兵多，不光要管自己指挥排的兵，连司机班、炊事班、卫生所的兵都管，而且这些大多都是老兵，好几个都是志愿兵，兵龄比我长，年龄比我大，得有点本事才能管住。刚到营部当排长就受领一项光荣而艰巨，甚至还有点危险的任务：到旅里的弹药库执行警卫执勤任务。这个弹药库离营房有两公里左右，单独一个院落，可以说是前不着村后不着店，二十四小时荷枪实弹执勤，我领着十几个兵在那儿站了十个月的岗，1995年的春节，在别人万家团圆的时候，我和我的兵们手握着56-2式冲锋枪度过了一个难忘的春节，除夕夜我替战士站了一班岗，之后每天晚上都要起来查铺查哨。

当了两年副连长训了两年新兵，第一年当新兵连指导员，第二年当新兵连连长，那时的新兵都是12月入伍，春节正好是新兵训练的关键时候，正从适应期向强化期过渡，是新战士在部队过的第一个春节，来自四面八方的年轻战士，思想都处于不稳定的时候，越到过年越想家，好多新兵躲在被窝里哭鼻子，真是一步也不敢离开。回顾这么多年带兵的经历，其实没什么秘诀，就是要用心，就是要和他们在一起。带新兵的那两年，每逢过年，记得我都要一个班一个班走几圈，和他们一起包饺子、打扑克。1997年春节，旅里组织春节文化活动，我们新兵连担负秧歌队的表演，我这个没乐感的人硬是学会了扭秧歌，和骨干、新兵一道，在教导员的带领下，面带微笑手握红绸为旅首长机关和老兵们进行了表演。演出结束后好多战友都说："武艺，你们新兵连的节目是最有人气、最热闹的节目！"在热热闹闹的气氛中过节，让新兵们冲淡了思乡的愁绪。

2000年以后，我先调入团政治机关，之后又调入集团军机关，到省军区机关交流。作为家在驻地的干部，每逢过年都要主动担负值班任务，好让家在外地的干部能够回家过年。特别是2008年任副处长后，每年大年三十和正月初一我都是在岗位上度过的。年三十是最忙乎的，上午省军区司令员、政委带队，部门以上领导集中到西山教导大队新兵营，与新战士包饺子、看节目、过大年，下午与院内分队的老兵集中会餐，晚上十二点还要到各个执勤点位逐一慰问，首长们那种"士兵情怀"让我们感动，也十分受教育。作为主抓直属队的直属工作处副处长的我当然必须在现场，而且是具体负责人，即便自己的家就在不到两千米的家属院，父母家也不过五公里远，也不能回去与家人团聚。

2012年后，我到人武部任政委，身上担起了单位主官的重任。"节日期间必须有一名主官在位"这是部队的要求。在人武部度过了两个春节，搭班子的两位部长都是老哥，对我都十分关照，他们主动担起了值班的重任。

2015年调回太原任干休所所长，之后的四个春节基本上都是在岗位上度过的，大年三十我与所里的值班干部、战士、工作人员，一起包饺子、看晚会。大年初一，一家一户给老首长、阿姨拜大年，送祝福。

在军营过年，我懂得了什么叫责任！一位老领导讲过："部队过节，领导过关。"军旅生涯二十余载，虽然没有当上多大的官，但光在主官位置上就有八个年头，深知部队无小事，责任重于山。

一位没有当过的兵的同学问我，现在又不打仗，要那么多人值班干吗？我用前段网络视频上的一段话回答了他："你走过桥吗？桥两边的护栏，你扶过吗？虽然你不会扶，但没有护栏的桥，你敢走吗？"作为军人，最渴望天下太平，和平是军人最大的荣誉！有一种光荣叫值班，有一种状态叫坚守！

致敬！我亲爱的战友
——写给2017年退役的战友们

　　随着军队规模结构和力量编成改革的逐步深入，马上又有一大批战友即将脱下军装，告别熟悉的军营，"送战友，踏征程"，心中感慨万千，送给大家四个"好"！

　　一是拥有一份好心态。无论是退休、计划安置、自主择业，都是每个人必须要面对的选择，而且是单选题，少数同志是三选一，军龄满十八年以上的是二选一，年轻同志是一选一，尤其是在改革的年代退役的人数要比往年更多！特别是能够三选一、二选一的同志会有点纠结，但是只要调整心态，积极面对，因为党和国家对于军人的待遇相当好！可以说是没有最好，只有更好，哪一种选择都有他好的地方！最关键的是要以平和的心态去面对，去思考这些问题！只要下决心选了，就是对的，只有这样才会开开心心，高高兴兴！二是锻炼一个好身体。身体是革命的本钱，是一切美好事物的前提与基础，要继续保持军人对体能训练的要求，跑步、打球、游泳、骑车什么都行，还要培养其他各种健康向上的爱好，锻炼不止、奋斗不止、健康不止。三是建设一个好家庭。军人的职业特点决定了相当一部分同志是常年两地分居，即便在一起，也大多因为值班、战备等任务，对家里照顾得很少，对父母对妻子儿女应该说是亏欠很多，好不容易团聚，真是应该孝敬长辈，照顾妻儿。四是拥有一份好前程。不管是转业、退休都是人生的新起点、新体验，都是华丽转身，都是换一种"活"法过日子，未来的日子很漫长，今后的日子很阳光，都是金光大道，都有锦绣前程，都要过得有滋有味。

自豪，军校生

　　不知道自己该不该算是学生，学生的生活通常应该是浪漫、无忧无虑的。而我们上学每天都是在紧张、劳累有时甚至是几分危险中度过的。不过我们也要拿着课本，提着书包到教室上课、上自习，而且每年有两个假期，虽然总共才二十多天，并且临回家前需要把家庭地址留下，随时准备回去执行任务。但毕竟还是跟普通学生一样有寒暑假之分，如此看来我们还是学生，一群特殊的学生——军校生。

　　是军人，便不能像其他学生那样整日里欢声笑语、自由自在！

　　因为有纪律、有条令的约束，有军人的使命感不允许你那样爱笑、爱闹！但是，不轻易地笑、不轻易地闹，不等于我们不会笑、不会玩！假日里，您会看到一群群带着红肩章的年轻军人们唱着最流行的歌曲、跳着自己编的舞蹈在那里尽情地玩、尽情地欢笑。

　　军校生，有着火红的青春年华，有着强健的体魄！那年夏天，雨接连下了一个星期，学院附近商场的仓库告急，学员们一个个扛着百斤重的货物抱到安全地带，直到把所有货物都转移完才休息！在黄河滩进行二十四小时工程作业、构筑火炮掩体，那气魄、那体力，有谁敢比！

　　应该说：我们是自豪的军校生！

《太原日报》1993 年 8 月 15 日

由两部片子所想到的

进入10月有两部片子，我一直在持续关注。一部是正在中央电视台热播的电视剧《右玉和她的县委书记们》，另一部是由山西省军区和山西云媒体联合拍摄的电视专题片《听老兵讲故事》。

《右玉和她的县委书记们》是一部精品力作，反映的是历任县委书记克服困难，艰苦奋斗，带领全县人民斗风沙、战黄龙，近七十年不断种树的动人故事。军人出身的右玉第一任县委书记梁怀远，打响了右玉种树的第一枪，叫响了"右玉要想富，就得风沙住。要想风沙住，就得多栽树"的口号。此后右玉县委书记一任接着一任干，一任接着一任种，成了全县人民的共识和行动。艺术来源于生活，但绝对高于生活，该剧用一段段故事、一个个镜头、一个个鲜活的人物，再现了那个火红的年代，那段激情的岁月。

8月份休假，笔者专门去右玉，现场感受和学习了右玉精神，现在再看《右玉和她的县委书记们》更有了身临其境的感觉。

《听老兵讲故事》中采访的都是山西省军区服务和保障的十位离休老干部。这些老兵都是从革命战争年代走过来的老英雄、老首长。他们当中有一百零一岁的老红军、有董存瑞的老战友、有两次入朝的战斗英雄，他们当中最年轻的都已经八十八岁。每位老干部就是一本"经典名著"，值得好好地品读。讲中国故事是时代命题，讲好中国故事是时代使命。在开展向"三老"（老红军、老八路、老解放）学习活动中，山西省军区决定拍摄《听老兵讲故事》电视专题片，以"记录珍贵影像，回顾烽火岁月，传承红色基因，铭记光辉历史"为主旨。

《右玉和她的县委书记们》在中央一套黄金时间播出后取得了比较高的收视率。《听老兵讲故事》通过网络媒体发布后也有较高的点击率。但据观察和了解，年轻观众少了一些，在当下多元的社会当中，每年各式各样的电影、电视剧都会有很多，网络中各种类似抖音的短视频更多，我一点也不反对爱情片、文艺片等，不过弘扬主旋律、倡导正能量的作品应该成为主流。

年轻人，我觉得"追剧就应追这样的剧，追星就该追这样的星，做人就要做这样的人"。这两部片子都是给人鼓舞、催人奋进、给人力量的精神大餐，片中的主人公才是真正的"大明星"，梁怀远、马志选、孟令春、吴文奎，他们是真正的英雄，他们都有一个共同的名字，"共产党员""中国军人"！

英雄或许会离去，但我们永远不会忘记，红色基因必将一代接一代地传下去！

两授上校之感想

军旅生活廿九载，
战士学员提干部。
列兵出发至上校，
一路拼搏不懈怠。
基层机关都经历，
军事政工几互换。
军官文职多岗位，
立足本职干工作。
人生最美是军旅，
步入美好新时代。
满怀激情再出发，
开心幸福每一天。

（2012年4月，原北京军区司令员、政治委员签署命令晋升上校军衔，2018年1月，中央军委国防动员部部长、政治委员签署命令授予上校军衔）

军礼——致郑州商业大厦

军人以自己的血肉之躯构筑起和平，可是一些享受和平的人不仅不理解他们，反而轻蔑地叫他们"大兵"。

军人以自家的离愁别恨换来万家的合家团聚。然而，团圆的家庭里有的不仅不同情他们，反而"挖苦"地叫他们"傻兵"。

军人以自个的囊中羞涩给别人提供挣钱的安全保障。但是，挣足钱的一些大款们有的不仅不感谢他们，反而嘲笑他们为"穷兵"。

时下，在市场经济的大潮中，有些人只顾忙于"下海"捞钱，而渐渐忽略了人与人之间的真情，忽略了为他们创造和平环境的军人。

但是在改革开放中诞生、发展、壮大的郑州商业大厦，尊敬军人、理解军人、爱戴军人，视军人为亲人，对军人却有着特别的情、特别的爱。

中原商战，郑州商业大厦战果辉煌。大厦把军人当作自己战胜困难、取得新胜利的亲密"战友"，用"战友"间的深情关心着军人、支持着军人。

一位戎马一生的老首长曾不无感慨地说道："郑州商业大厦不仅经济效益第一，服务第一，爱国拥军也是第一!"

理解篇

理解像一条七彩纽带，沟通着军人与郑州商业大厦的情感。

1992年5月上旬，一位来自偏远山区军营的青年军官，带着几分疲惫、几分忧愁，报着一丝希望来到大厦原钟表文化用品商场。军人的业余文化生活十分单调，部队领导准备为连队购买一些文体器材。可是部队一时没车，想让售货单位帮忙把货送到部队，可是跑了几个商场都不给送，希望能帮帮忙。商场领导当即答复："部队的难处我们理解。没说的，货我们送。"当大厦派专车、专人把卡拉OK机、大鼓、长号、扑克、象棋等文化用品送到军营时，战士们自发地站在路两旁，用欢迎亲人的礼节，热烈地欢迎着为他们送来欢乐的商业大厦人。

晚上，战士们用自编自演的文艺节目，奉献给远道而来的大厦人，感谢他们为子弟兵送来了欢乐，更感谢他们理解军人，帮助军人。商业大厦的同志也激动地说："我们理解军人，帮助军人，是因为我们知道没有军人的无私奉献，哪来的国家富强，哪来的商业大厦的兴旺。"

信任篇

信任，犹如一丝清泉滋润着每位军人与大厦人的心田。

郑州高炮学院与郑州商业大厦有着十多年的鱼水深情，大厦人对他们的信任胜过信任自己。

大厦四层呈列着商场的金银首饰，一件件价值几百、几千，甚至数万元。

就在不久前，笔者看到这样一幕：营业员领着一位丢小孩的农村妇女去找广播室，柜台里只留下来在这里义务服务的解放军高炮学院学员小王。后来，笔者问那位营业员："您不怕商品出问题吗？"或许笔者就不该这样问。年轻漂亮的营业员微笑地说："我很放心。军人的责任心强，警惕性还高，他们站在这儿，比我站在这里还放心呢！"

一句朴实的话语，代表着大厦人的心声：军人，商业大厦信任你们！

支持篇

有了理解、信任，更有了相互间的大力支持！

为了更好地提高职工素质，提高服务质量，进一步适应市场经济的竞争，商业大厦请高炮学院为职工军训。学院当即答复："商业大厦那么理解、信任我们，这个任务我们一定完成好！"

郑州人大概都还记得去年初夏，那连续几天的暴雨。大厦告急！地下室的物品随时有被淹的可能，炮院十七中队的百余名学员冒着大雨来了，经过连续十几个小时的搬运，商品全部转移到安全地带。当大厦领导带着水饺、饼干来慰问学员时，忠厚的学员发自内心地说："商业大厦离我们这么近，每次去大厦营业员对我们特客气，干这活我们不累！"

今年春天，炮院一个学员队要参加团体操表演，急需一百二十套运动装。学员队干部连夜找到商场领导拿回运动装。表演结束，学员队干部带着感谢信来到大厦对商场领导说："谢谢你们！"商场领导爽朗地说："一家人客气啥！"

是啊，军民一家，道出了大厦人与军人的深情厚谊！

是理解、信任和支持架起了军人与大厦人的感情桥梁，是理解、信任和支持加深着军人与大厦的情意。每一位去过或了解郑州商业大厦的军人，都会由衷地说道："商业大厦对军人真好！"

让我们共同乘着这只理解的风帆走向更加美好的未来，大厦人对军人的这般情、这般爱，军人永远不会忘记！

让我们举起右手行一个庄严的军礼——敬礼，郑州商业大厦！

《郑州商业大厦报》1993 年 7 月 13 日

别泄气，前面的路多着呢！

——致院校招生落榜的战友们

一年一度的院校招生统考成绩陆续揭晓，一些落榜的战友们有点失魂落魄，整天无精打采，有的甚至闹起了情绪，影响了工作。

考试落榜，情绪上、思想上有点波动，属于正常现象，大家也都能理解，但因为这一点挫折就万念俱灰，也大可不必。

本来嘛，"胜败乃兵家常事"，我们这些真正的兵家，又有什么想不通的呢？其实考试落榜绝不代表着前途暗淡，毫无希望。倘如你已离不开军营，那好吧战友，静下心来，认认真真地总结一下今年失败的教训，看看哪门课程没有复习好，还需进一步加强，不妨列一个长期的细致的复习计划，振作精神，明年再来一次，鼓足勇气再去接受一下挑战，也许你将成为幸运的宠儿。

面临精简改革，倘如无法"再来一次"，回到地方投身到经济建设中去，凭着三年军旅生活锻炼出来的强健体魄、优秀思想和过硬的作风同样有什么干不了的呢？

别泄气，战友们！"山重水复疑无路，柳暗花明又一村"，人生的极致风景，就在那面对种种挫折而敢于站起以后。

按规定着装不是小事情

一位首长在突击检查机关干部的军容风纪讲评时指出:"按规定着装不是小事情,它事关军队形象,连着部队战斗力,反映一个人的工作作风、精神状态。"笔者认为,这话讲得很有道理。

《内务条令》明确规定:"军人应当按照规定配套穿着军服、佩戴标志服饰,做到着装整洁庄重、军容严整、规范统一。"

当前,一些单位少数同志对军容风纪重视不够,认为这不是什么大问题,只要领导不批评,没什么大不了的,特别是穿夏常服时,扎非制式腰带、挂钥匙链、装手机等现象比较普遍,甚至个别同志下摆不扎于裤内,给人很随意、很懒散的感觉。

细节决定成败,小节体现作风,作为各级领导就是要从现在做起,从着装这些"小事"抓起,持久用力,常抓不懈,扎实打牢部队基础。

拥军须动真感情

　　几年前，太原市制定了现役军人乘坐市内公交车、进公园、存车和上公厕免费的政策，充分体现出"双拥模范城"的人民对子弟兵的一片深情。然而，在具体落实时，有些人却百般刁难，存车、上厕所，就是要伸手要钱。当你问他们是否知道对现役军人的免费规定时，他们却讽刺挖苦："当兵的真小气，几毛钱都舍不得掏。"

　　笔者想，太原市委、市政府出台"四免"政策的初衷，并不是为了让军人单单省几个钱，而是想通过这一举措，提高全民国防意识，也是对军人无私奉献精神的褒奖，每当我们想起长江沿线正在用自己的身躯阻挡洪水的官兵时，每当我们看到在街上头顶严寒冒酷暑执勤的武警战士时，我们的手还伸得出来吗？

　　一句话，拥军并非走过场、凑热闹，要的是你对军人的理解和帮助。

《太原晚报》 1999 年 7 月 30 日

拥军要落到实处

时下，许多大商场挂着"军人优先"的牌子，有的还特设军人专柜，令军人确实高兴和自豪过一阵子。可细心观察却看不出其优先在哪里，也未曾发现军人专柜与其他柜台有什么区别。更可笑的是，如今一些厕所也东施效颦，在进门显眼的位置，大大地写着"军人免费"，而上完厕所后，服务员仍要收费，你问其上面明明写着军人免费为何又要收费时，服务员会毫不含糊地告诉你，那只是在八一建军节时生效，真让人尴尬和哭笑不得。

拥军，是地方各级政府及群众支持部队建设的一种体现。今天，拥军活动应得到发展、更新。因此，在拥军活动中，应该真心实意为军人排忧解难，力所能及地办些好事，切莫光提口号，不办实事。

《生活晨报》

同学聚会感悟

2012年初夏，我怀着激动的心情再回母校，和战友们再聚郑州。入校二十年，分别十八载。见到老领导、老同学，分外亲切。感想颇多，感悟颇深。

一是感悟到生命的宝贵、健康的重要。想当年，我们入校时，风华正茂，意气风发，如今已有五名同学相继因为事故、因为生病等离我们而去，我们永远怀念他们。还有一些同学年纪不大，糖尿病等"富贵病"都得上了，人生苦短，生命只有一次，健康永远是最为宝贵的。

二是感悟到同学情谊的深情与厚重。分别多年的同学，除个别中间有过接触，大多都天各一方，没有什么联络，但基本上都能够一下子叫出名字，就算个别叫不出名字，相见还是那么亲切，毫无陌生的感觉，回忆从前，让我们都年轻了许多。

三是感悟到奋斗的艰辛与不易。同学当中，还穿军装的大都是团以上干部，回到地方的也有不少走上领导岗位，也有一些同志投身经济大潮，当了老板，但无论什么情况，都是自己不懈奋斗的结果，世界上从来没有免费的午餐，一分付出，一分收获。

军人·大厦人

笔者认为，把走在改革开放大潮前列的郑州商业大厦人与担负保卫祖国重担的军人放在一起，似乎有些不太合适。或许您会问：军人、大厦人，一个舞枪弄炮、一个从事商业工作，他们之间会有什么联系呢？

我们先且不说，大厦与军人之间所建立的深情与厚谊，单说在社会主义市场经济的今天，处处讲"竞争"、比"素质"，遵循"优胜劣汰"这个经营法则。大厦人是自强人。他们步步抢先，且一路领先成为郑州乃至全国商界的"大哥大"。这一切成绩的取得，以我看来就是大厦人把军人那种"革命和拼命精神，排除万难去夺取胜利的无畏精神，艰苦奋斗、同心同德的创业精神"原原本本地学到了手，记得大厦总经理王振华曾撰文：在大厦创建初期，大厦人吃住在商场，克服资金短缺、人员配备少等诸多不利因素，艰苦创业，逐步发展成为有"全国一流、河南最大"美称的大型综合商场。

大厦成功的另一原因，那就是他们严格而条理的管理制度。部队讲的是"严格管理出战斗力、凝聚力"，实践证明，把严格的组织管理活用于企业内部，同样能产生强大的战斗力和凝聚力。一日，笔者同战友应邀参观大厦，见职工们列队整齐，赶忙询问这是什么活动。答曰"早点名"。几位战友同时讲出："这不和我们的晚点名一样吗？"

军人是无私奉献的典范。军人所具有的高尚道德为世人所称赞。大厦人的奉献精神同样值得人们去赞美歌唱。为"希望工程""残疾人"捐款献爱心，没有含糊，个个慷慨解囊。无私奉献更体现在每一位大厦人各自的岗位上，"有一分光发一分热"，不求索取只知奉献！

军人、大厦人，乍一看似乎没有什么联系，但细细品味，军人与大厦人竟有如此之多深层的共同之处，他们同是伟大祖国的建设者，同是当之无愧的时代骄子。

《郑州商业大厦报》1993年9月10日

注：郑州商业大厦与作者求学的郑州高炮学院十七中队为共建单位，本人也被《郑州商业大厦报》聘请为特约撰稿人。

工作思考

GONGZUO SIKAO

III–37高炮激光模拟器的使用

III—37高炮激光模拟器是由总参兵种部6109工厂研制生产、用于37高炮瞄准手训练考核的器材，通过一段时间的使用，我们感到在实践中要注意以下几点，才能让器材发挥最大效益。

一、不要急于使用III型器材

由于III型器材采用炮位主机发射激光束，目标接收机检查瞄准精度，故对炮手的瞄准技能有较高的要求。若一、二炮手未经过单兵基础训练直接使用模拟器进行训练，往往出现打不着、放空炮的现象。因此，一、二炮手应按传统方法进行瞄准、追随训练并初步了解目标运动规律后，再利用模拟器进行训练，便于提高或检查训练成绩。

二、正确使用器材

III型器材有监测台、炮位主机、目标接收机、探测器和击发开关组成，操作、使用不当容易发生故障。因此，实际使用中应按照科技练兵的要求，先仔细阅读说明书熟悉器材的使用要求，然后按说明书一步一步正确操作。特别是对炮位主机和目标接收机，取放和安装都要轻拿轻放，接电后先检查调试，使用后要擦拭保养，并由专人保管。

三、控制器材工作温度

III型器材的理论使用温度为零下十摄氏度到零上四十摄氏度，在七八月份时，部队训练的环境温度一般在三十五摄氏度以上，如果再受到阳光暴晒，机壳温度可达四十摄氏度以上，对器材的工作精度和使用寿命影响极大。因此，应专门配备遮阳布或采取其他温控措施，保证器材正常使用。

《现代兵种》1999年第8期

延伸干部管理的时空

近年来，我们部队针对驻城市、家门口干部多的实际，紧紧围绕实施"强筋壮骨、拴心留人"工程这条主线，采取切实有效的措施，把八小时以外管住管好，解决了部分干部存在的"在职不在位、在位不安心、安心不尽心"等问题，促进了部队的全面建设。

一、严格约束"拴住身"，使干部遵章守纪不违规。我部驻在太原市，"家门口"干部的比例达到87%，一些干部"常回家看看"的现象时有发生，影响工作的精力。为此，我们注重建章立制，用严格的规章约束干部的行为。一是规定"卡"。为了使干部教育管理更加制度化、规范化，我们根据条令条例和上级有关规定，制定了《关于干部管理教育的若干规定》《"家门口"干部管理细则》等规定和措施。把八小时以外作为一个重点突出出来，对干部探亲、休假、留营、请销假手续及批准权限、违反规定的处理以及值班、轮休、家属来队等都做了严格的规定，从而使干部管理有法可依，有章可循，避免了盲目性和随意性。二是点名查。我们采取定期查和不定期抽查的措施，每天早操后、晚上八点四十、周六下午五点半、周日晚上八点半对全团干部进行集体点名。同时机关还对干部留营情况、在位情况进行抽查。三是及时讲评。团领导每季度对干部履行职责、遵守纪律、精神状态等进行讲评，表扬先进的，批评后进的，对犯错误的进行严肃处理；每月对干部请假情况、集体点名无故不到的进行通报。通过这些制度和措施，较好地保证了干部的在位率。今年5月份，太原市古交突发森林大火，晚上十一点集团军通知我部前往扑火，我们仅用了十分钟时间，就召集齐了所有干部，迅速赶赴救火现场，圆满完成了任务。

二、教育疏导"稳住心"，使干部爱岗敬业不走神。加强干部八小时以外的管理，"身在位"是前提，"心到位"是关键，只有"稳住心"才能干好工作。经过调查分析，影响干部八小时以外不安心的原因，主要是个别干部对得与失、苦与乐、"小家"与"大家"的关系问题处理得不够好。有些干部重儿女情长，轻部队事业；有的认为部队"两眼一睁，忙到熄灯，熄灯以后还得操心"，也只能领点死工资等等。为此，我们有针对性地做好以下工作：一是针对个人利益的得失，教育干部认清"理"。我们把人生观、价值观、事业观教育作为干部教育的重要内容来抓，做到常流水，不断线。在干部中开展"八小时以外不干工作行不行"等讨论，使大家认识到，基层干部八小时以外在单位是职责所系，管理所需，部队工作所要求。如果经常出去办私事，部队没人管，就会出问题。二是针对部队工作的特点，引导大家过好"关"。我们注重引导大家正确看待部队的"苦累"和地方的"潇洒"，自觉抵制灯红酒绿的影响，过好苦累关，做到拒腐蚀永不沾。近年来，尽管营区周围"灯红酒绿"的诱惑力很大，但我部没有一个违规违纪的。三是针对"大家"与"小家"的关系，帮助大家摆正"位"。年初，我们宣扬树立了"不为家事分心、安心部队工作"的副参谋长梁东岗、"一心为工作，默默做奉献"的通信修理所所长张凤华等一大批干部标兵，使大家学有榜样，赶有目标，当"小家"与"大家"发生矛盾时，自觉把"砝码"向后移，安心做好本职工作。

三、抓好学习"强筋骨"，使干部业余时间不虚度。我们在解决干部八小时以外"身在位""安下心"的同时，注重采取多种渠道，引导干部珍惜业余时间，提高自身素质。采取"定目标、定时间、定措施"的方法，年初每个人制定《岗位目标责任书》，每半年采取个人述评、机关考核等方法，对每名干部的落实情况进行对照检查，这样使每个人心中有目标，肩上有担子，八小时以外学习压力不减。同时，我们成立科技攻关小组，给干部确定革新项目、研究课题、完成时限。通过定任务，压担子，使人人想事业，干事业，杜绝了八小时以外没事干的现象。我们规定每周二、周四晚上为干部夜校时间，分别由司令部和政治处组织进行高科技知识和政治理论学习。同时鼓励和引导大家参加中央党校函授和各种自学考试课程，利用业余时间自学。现在已有百分之八十五以上的干部拿到大专或本科文凭。

四、优化环境"留住人"，使干部安心尽心不分心。我们积极营造拴心留人的环境，使干部不为家事分心，不为私事扰心，不为后路忧心。一是优化工作环境使大家感到舒心。我们与北京晋华书局合作，在部队建起了图书借阅室，购买了三万多元的高科技理论学习丛书，为机关和营连部配备了电脑，建成局域网，"让大家有学的"；为基层营连配备了二十九英寸彩电，装上了有线电视，"让大家有看的"；装修了连队俱乐部，配发了家庭影院、台球桌、乒乓球桌等娱乐设备，建起了团游艺室，"让大家有玩的"；投资十万元进行营区绿化，铺设了草坪，大大改善了官兵的工作和生活环境。二是优化用人环境，使大家感到称心。有的同志片面地认为"课余时间干，不如到领导家里转"，针对这些问题，我们在全团进行了"不靠关系靠政绩，踏踏实实干事业"等三个专题教育活动，同时建起了"五公开一监督"的公平用人机制，把"注重实绩、群众公论"作为用人的基本条件，使大家感到"转的"确实不如"干的"。今年，我部先后调整使用了四十四名干部，其中有七名营连干部提前晋职，广大官兵都心服口服，从而调动了大家的积极性。三是解决后顾之忧，使大家感到放心。针对一些同志认为"工作的事你不干别人会干，而家里的事你不干没人替你干"的问题，我们积极帮助解决实际困难，消除后顾之忧。每月对干部家庭生活情况进行一次调查，对干部的实际困难不推不拖，想方设法给予解决，做到"心到、情到、理到"，使大家体会到组织的温暖。去年以来，我们先后发函或派人帮助二十多名干部解决了住房、家属就业、子女上学等实际问题，四次慰问看望特困干部家庭，对六名困难突出的干部进行了救济。

《基层政治工作》2000年第6期

与李卫东、赵成林、郭建军合作

发挥士官在战时政治工作中的"四个作用"

士官是班长骨干和技术人才的集合体，是战斗力形成的中坚力量。因此，充分发挥士官在战时政治工作中的作用，具有十分重要的意义。

发挥"心理医生"作用。随着各种尖端武器在未来战争中的广泛应用，战争的残酷性空前增大，给战士心理造成了很大的压力，要消除战士的心理压力，单靠战前思想工作是远远不够的，要发挥士官对环境适应快，有独立思考、分析和判断的能力，发挥随时与战士在一起的优势，把消除战士心理压力贯穿于战争的全过程，使战士随时随地都能得到心理疏导，消除心理压力。

发挥"小谋士"作用。战前制定方案，要认真征求士官的意见。要通过召开座谈会、分析会等形式，引导士官出谋献策，细心听取他们的反映，形成正确的决心和方案。战斗进行当中，要收集士官反馈的信息。士官处在战场的最前沿，对士兵思想状况和战场情况掌握得最准确，注意听取士官反馈的信息，有助于准确掌握战场的第一手材料。战斗间隙，要听取士官的意见建议。应多召开一些以士官为主体的"小诸葛会"，充分发挥士官的聪明才智，引导士官当好战场的"主人"，做好指挥员的得力助手。

发挥"小教员"作用。士官在技术上都是行家里手，素质比较过硬。在执行任务中，对士官要委以重任，把艰巨的任务交给他们，让他们充分施展自己的聪明才智，并通过"火线入党""杀敌立功"等战场竞赛活动，使他们成为优秀的战斗员和教练员，同时充分发挥士官的技术优势，明确帮带对象，在执行任务的情况处置中，把知识、技术和经验传授给战士。

发挥"小指导员"作用。对吃"夹生饭"者，及时帮助"消化"。对在政治教育中，个别理解不好，甚至有抵触情绪的战士，要及时地帮助其完整地理解和消化教育内容。对暂时"被遗漏"者，及时"补台"。对个别思想情绪反常或出现其他问题的战士，应早发现、早入手、早解决，把问题解决在萌芽状态。对"有意见"者，及时"传信息"。对于个别战士思想上出现误解的，要及时向干部反映情况，帮助干部改进工作方法，克服自身存在的问题，从而消除官兵之间的误解，密切官兵关系。

《基层政治工作》2001年第四期

结合县域实际
构建"三位一体"应急应战能力生成体系

当前，纷繁复杂的国际国内安全环境和频繁发生的地质自然灾害，对县级国防后备力量应急应战能力提出了新的更高要求，面对不同程度存在的突发情况掌握不准确、军地联合指挥运行不顺畅、应急力量到位不及时等种种问题，迫切需要按照"平时服务、急时应急、战时应战"的要求，立足县域，紧贴实际，构建民兵情报信息网、常备民兵应急力量、军地联合指挥机构三位一体的民兵应急应战能力生成体系，使民兵队伍在地方经济建设和维护社会稳定中发挥更大作用。

一、高度重视民兵情报信息网建设，确保对各类突发情况及时掌握、快速处置。

当前，各县区情报信息工作普遍存在情报获取能力低、来源渠道窄、等靠依赖思想严重等问题，一定程度上削弱了决策效率，影响了快速行动能力。为此，必须大力加强民兵情报信息网建设，确保第一时间情况明信息准，实现对各种突发情况的全地域、全时空、全方位有效掌控。

（一）深入实地调查研究，分类确定要害目标。人武部要发挥牵头作用，对辖区内防空目标、原始次森林、水库堤坝、关键桥梁隧道、地质灾害易发点等重点要害目标进行详细摸查，并逐一建立包括名称、类别、位置、面积（容量）、进出道路、易发灾害情况（隐患点、可能受灾区域）、信息报知责任人、处置预案等内容的要害目标基本信息，将其录入应急指挥中心计算机，生成要害目标基础信息数据库。

（二）全面掌握社情民情，建强配齐报知队伍。按照村编信息员、乡建信息报知站、县设信息处理中心的思路，在人武部组建民兵信息处理中心，主要负责及时接收、处置各类突发情况信息，并抓好民兵信息报知员的教育训练、日常管理和装备建设。在乡镇建设信息报知站，站长由各乡镇专武干部担负，主要任务是了解本报知站的目标，分季度检查目标的完成情况，按要求及时控制第一时间发生的险情并做到不间断准确报告。在所有重要目标位置建立观察哨点，哨长可由重要目标区内民兵骨干担任，主要任务是及时了解险情，快速上报险情发生的时间、当前的态势，并在第一时间采取控制措施。

（三）充分利用网络平台，构建信息报知体系。为在第一时间快速形成决心、下达号令，要依托人武部作战指挥中心，有效整合县林业部门林场火情监测系统、公安系统网络监管系统、交警部门路况监控系统，构建县域"双应"信息处置平台，逐步开发情报信息处理软件系统，设置信息接收显示、情报甄别研判、处置预案生成三大功能模块，定期更新维稳处突、防火、防汛、抗震等应急应战预案体系，实现各种情报信息的及时互通、资源共享、有效传递。同时，要为民兵信息员、乡镇信息报知站配备卫星终端、卫星电话、对讲机、手机、固定电话等必备的多种联通工具，开通民兵情报信息手机短信报知平台，建设"民兵信息员QQ群"，逐步形成纵向衔接、横向联通、网状一体的信息情报网络。

二、重点加强以常备民兵分队为拳头的应急力量建设，确保招之即来、来之能战。

当前，县区国防后备力量建设重数量、轻质量，高投入、低效益的问题比较突出。应注意把握重点，集中有限的人力、物力、财力，建好建强一批平战结合、精干高效、管用能用的应急应战队伍。

（一）健全组织领导，形成抓建合力。成立由常务副县长、分管副县长、县人武部军政主官组成的领导组，下设"双应"指挥组和教学管理组。"双应"指挥组由人武部分管应急行动的副部长任组长，主要担负指挥分队处置应急突发事件任务；教学管理组由教育局分管职教的副局长任组长，主要负责统筹安排常备民兵应急分队的职业技能教学计划，并组织实施。

（二）结合任务要求，确定建队方案。人武部联合县政府制定下发常备民兵应急分队建设实施方案，对分队建设做到七个明确。明确任务，分队主要承担保交护路、护林防火、应急维稳、灾难救援和机动支援等应急应战任务。明确建队规模，县一级常备民兵分队规模根据县域经济情况确定，以五十至一百人为宜。明确队员条件，队员应选择年满十七至二十周岁，有强烈当兵意愿，符合新兵征集的身体、政治、文化条件的男青年为主，同时招收少量曾在部队担任班长、军政素质优良的未婚退伍士兵担任骨干；明确入队程序，按照乡镇（街道）武装部、基层学校共同推荐，基层派出所政审，县人武部、县级人民医院联合体检等程序组织；明确学制设置，根据职业教育特点，学制一般确定为两年半，完成相关学习课程后，颁发职业中专文凭；明确教学内容，在教学内容上，可分职业教育、军事训练两部分开展教学；明确队员应享受的政策与优惠，分队队员免费接受职业中专学历教育，享受国家每年一千五百元教育补助，优先批准入伍，退伍后安排继续入校完成学业。

（三）积极完成重大任务，体现国防安全等综合效益。分队组建之后，要积极主动地参与山火扑救、地质灾害救援、道路抢险、重大节日庆典维稳和安保执勤等经济社会建设与维稳应急任务，按照民兵力量动用的相关权限和要求，区分执行任务的性质，严格迅速履行审批手续，确保第一时间到位，高标准完成好任务，以赢得地方政府财力物力支持，实现分队建设水平的持续巩固与不断提升。

三、突出抓好军地融合的指挥机制建设，确保指挥决策在第一时间及时、准确、高效。

从近几年县区国防后备力量遂行应急应战任务的实践看，军地两条线、行动不接轨、指挥效能低、反应速度慢的问题还不同程度地存在。必须把建设军地融合、高效顺畅的指挥机制作为关键环节突出出来，确保指挥决策在第一时间及时、准确、高效。

（一）构建军地融合的"双应"指挥机构。机构融合是科学决策、高效指挥的关键，也是整体作战、合力遂行任务的基础。要紧紧围绕"平战结合、军地兼容、军民共享、双向共赢"的建设目标，在县委、县政府的统一领导下，发挥国防动员委员会桥梁纽带作用，衔接整合县应急管理委员会相关职能，构建党政军应急指挥部领导下的"一部、两组、三中心"指挥协调机制。"一部"即军地联合应急指挥部，"两组"即专项联合应急指挥组、驻军行动协调指挥组，"三中心"即信息处理中心、指挥决策中心、综合保障中心。县委书记任第一指挥长，县长任指挥长，人武部部长、政委、常务副县长任副指挥长。

（二）理顺军地"双应"力量指挥关系。明确大项决策由县联合指挥部统一决定，尔后分条块、按系统实施委托式指挥。专项应急指挥组负责指挥县抗震办、公共卫生处置中心、公安防暴、森林防火专业队等专业力量对口完成应急任务；驻军行动协调指挥组负责统一指挥协调民兵预备役部队和各驻军单位，积极配合各专业应急力量完成各类应急应战任务。

（三）制定军地衔接的"双应"预案体系。着眼遂行"双应"任务要求，结合作战任务和县域地理环境、社情民情、交通状况、潜力情况等实际，联合地方应急、抗震、防火（洪）等职能部门，共同制定周密细致的军地联合指挥方案和保障计划，切实做到一种威胁多个设想、一项任务多套预案、一个方案多种对策，形成军地衔接的联合指挥预案体系。同时，适时集中审定"双应"预案，总结经验教训，做到动态更新，常态保鲜。

（四）加强军地联动的制度机制建设。进一步明确地方相关部门的职能任务，规范落实军地联席会议、情报会商、请示报告、日常联络、方案计划、联训联演、检查督导等日常工作制度，以工作的制度化保证军地应急机制的一体化、常态化运行。

《华北军事》2012年第4期

对人武部工作的几点思考

县（市）区人民武装部，作为基层民兵组织的一线指挥部，在推进科学发展、履行使命任务中具有重要的作用。通过到基层工作的体会，我感到，必须全面把握人武部建设的特点规律，有针对性地做工作，才能抓好工作落实。

一、要始终用上级精神指导工作。人武部远离首长机关，单独执行任务，面对面接受上级指示的机会相对较少。特别要防止"你讲你的，我干我的"现象发生。作为人武部党委必须坚持用上级的精神指导工作，抓住首长检查调研、参加上级会议等时机，认真学习掌握上级的精神；要通过看新闻、读报纸等，第一时间掌握国家、军队的重大决策部署；要通过学文件、学规定、学电报等，准确掌握首长的意图，领会精神实质，这样才能始终保持单位建设的正确方向。

二、要打造全面过硬的队伍。人武部具有"团的架子、班的人数"的特点，人少事多，人少事杂的矛盾非常突出，干部编制就七八个人。因此，必须按照一专多能的要求，抓好干部队伍建设，做到"四懂一会"，即懂政治、懂军事、懂经济、懂法律，会做群众工作。通过领导传帮带，以老带新、参观见学、机关代培等多种方式来切实提高素质，把每个人打造成军政兼通、军地兼通的高素质人才，一个人能顶几个人用，谁不在别人都能替补。

三、要始终保持严谨细致的作风。人武部与地方紧密联系，广泛接触，容易养成"工作拖、作风散"的不良习惯。因此，必须充分认清人武部作为军队的一级组织，是所在地党委的军事部，兼同级政府的兵役机关，必须从穿衣戴帽严起，从落实上班操课等制度入手，从提高工作的效率抓起，特别是要振奋精神状态，该加班要加班，发现问题敢说敢讲，不能搞一味的迁就照顾，不能因为人少而放松要求，不能因为远离首长机关而放任自流。要按照上级要求，切实发挥好"五个作用"，巩固基层政权的支撑作用、应急应战的骨干作用、参与经济社会建设的突击作用、联系军地的桥梁作用、展示军队的形象作用。

想着责任做工作　带着感情搞服务

2015年1月任职以来，我始终怀着对革命老前辈的深厚感情，把老干部满意作为第一标准，想老干部所想、急老干部所急、帮老干部所需，尽己所能为老干部办实事、解难题。在省军区机关的帮助指导下，在全体工休人员的共同努力下，经过一年多的不懈努力，干休所的管理正规了，内部风气纯正了，工休关系和谐了，全面建设"脱胎换骨"，整体面貌"焕然一新"。今年7月，所党委被省军区表彰为先进团级党委。下面，我将自己的工作体会向各位首长和同志们做一汇报。

"家里暖和了，老干部的心也暖了"——心系职责使命，迎难而上，是克服困难的"动力源"。

我出生在军人家庭，从小受父亲的熏陶，对那些为新中国成立而抛头颅、洒热血的革命先辈充满敬仰，但是当我怀着无限的憧憬来到第八干休所不久，心就凉了半截，棘手的遗留问题、紧张的工休关系、懒散的工作作风，让我一时没了头绪，在这样的环境下能干出个啥名堂？到底该怎么干？这两个大大的问号时常萦绕在我的脑海。每当这时我就会想起报到前政治部领导交代的那句话："八所就交给你了！"每当我精神懈怠时，我就拿出老干部的履历翻一翻，爬雪山、过草地，抗日战争、解放战争，正是他们征战沙场，九死一生，才换来我们今天的幸福生活，把老干部照顾好、服务好，我们责无旁贷！

我刚上任时正值冬天，到老干部家中走访时，发现不少老首长、老阿姨穿得比较厚，有的家里还开着空调、电暖气。经了解，由于我所营房设施老旧，供热管道锈蚀淤堵严重，导致老干部家中供热不足，所里也曾请地方人员对管道进行过清洗，但效果不是很好，2014年供暖时有六家暖气片发生了崩裂，严重影响到老干部的生活质量和安全。得知这些我坐不住了，多次到热力公司进行咨询，到兄弟单位学习经验，请专业人员检测评估，一次次修改方案，一次次向机关请示汇报，最终在省军区首长的关心关注下，在机关的大力支持下，不到半年就审批开工。为了抢工期，我又带着工作人员全力配合施工单位，终于在供暖前十天圆满完成改造工程，让老首长、老阿姨过了一个"温暖的冬天"。

正是怀揣着这份沉甸甸的责任，所里先后解决了长久遗留问题，解决了老干部写信告状、老干部住房、停止有偿服务等问题，为干休所卸下了一个又一个包袱。

"一袋米一棵菜，送上的是一片情"——用真心换真情，赢得信任，是搞好服务保障的"根基石"。

老干部是党和国家的功臣，作为沐浴在和平与幸福阳光下的晚辈，有责任、有义务让他们时刻感受到组织的温暖。工作中我深深地体会到，其实老干部对我们的要求并不高，只要我们能以"老吾老以及人之老"的情怀，倾儿孙之情，行儿孙之孝，尽儿孙之力，就能让老首长、老阿姨满意。

记得去年冬储，我和战士们一起扛着蔬菜和米面粮油挨门逐户送到家时，老首长、老阿姨非常感动，双目失明、已经八十八岁高龄的于合顺老首长更是热泪盈眶地说："所长亲自上门送米送面，这么多年还是头一回……"自那以后我发现，平时与老首长、老阿姨见面时，主动与我打招呼的多了，愿意和我拉家常的多了，我这个所长渐渐地得到了他们的认可。

通过这件事我认识到：只要我们能够真心实意为老干部着想，投入真感情，就没有搞不好的工休关系，没有解决不了的矛盾和难题。现在无论是组织节日慰问，还是冬储冬藏、生日探望，只要是涉及为老首长、老阿姨发放物品的，我们都会坚持挨家挨户送上门、摆到位。每周五我和政委一定会抽出时间，去264医院看望住院的老首长，陪他们聊聊天，逗他们乐一乐。2016年春节前，我和两名工作人员还专程赴深圳、珠海，看望了长期在外居住的朱培元老首长和刘维琴阿姨。临别时，刘阿姨拉着我的手送了一程又一程，她流着眼泪说："年岁大了，跟着姑娘在深圳住了十几年，太原回不去了，你们来看我，我觉得很亲近，太谢谢了！"

"童真回来了，老干部活得更年轻了"——营造舒心环境，凝心聚力，是推动干休所创新发展的"助推剂"。

党和国家对老干部非常关心，在生活、医疗等物质方面保障有力，可以说是衣食无忧。但所里大部分老干部子女不在身边，加上身体原因，他们平时的生活单调乏味。如何满足老首长、老阿姨的精神需求，让他们的生活充实起来，丰富起来，摆上了所党委的议事日程。在广泛征求大家意见、学习借鉴军地干休所经验做法的基础上，我们积极创造条件，开展各类主题联欢会和春季踏青、夏季避暑、秋季采摘、冬季赏雪、参观见学等活动。

今年重阳节，我们为包括分散居住在北京、忻州的五十六位老首长、老阿姨每人拍摄了一张"幸福笑脸照"，并与社区组织了联欢，看着背景墙上的笑脸，看着台下老首长、老阿姨开心、满足的笑容，大家庭的幸福温馨让我备感欣慰。去年11月，我们在省军区干休所系统首家创建"八所E家"微信公众平台，发布最新国际国内形势，反映干休所工作生活，展现老首长风采风貌，普及健康养生、家风教育等内容，目前，关注粉丝已有数百人。在珠海居住的朱培元老首长、在北京居住的牛桂香阿姨，看到"八所E家"的内容一更新就会转发、点赞，还在微信中写道："虽然我们不在所里住，参加不了所里的活动，但我们也一样高兴！"前几天重阳节活动的报道一更新，我们就收到了老干部子女的微信点赞："感谢所领导为老人们所做的一切，在这里他们晚年是幸福的。你们比子女们做得还好，真心感谢你们！"

在八所大家庭里，充满了正能量，工休关系融洽了，邻里关系和谐了，大家对干休所的建设也更关心了，在停止有偿服务工作中老干部主动帮着做工作，以往工作组来大家拉着反映问题，现在争着说干休所的好。有老首长、老阿姨的大力支持，所里的工作更顺畅了，我相信自己在这里一定能干出点名堂！

"大事小做，小事终能成就大事！"各位首长、同志们，虽然我在老干部工作岗位上时间不长，但我为能够服务老干部而自豪，我将牢记使命，继续把点滴小事做好，关心爱护好党的宝贵财富。

2016年12月在山西省军区先进典型事迹报告会的发言

凝心静气　刻苦学习　努力工作
确保干休所建设全面建设健康发展

学习宣传贯彻党的十九大精神是当前和今后一个时期首要的政治任务。进入崭新的2018年，省军区党委坚持大事大抓，首位首抓，专门抽出一周时间集中学习十九大精神，体现了省军区党委鲜明的政治态度和认真务实的工作作风。我想有这样的工作指导，无论是这次学习，还是抓工作落实都必将取得良好的效果。

一是思想要真重视，把十九大精神学习贯彻摆上重要位置。

党的十九大是党和国家历史上一次十分重要的会议。它界定新方位、开启新征程、确立新指南、做出新部署，对进一步统一思想意志、明确目标任务、增强信心力量，推进党和国家事业发展具有划时代里程碑式的重要意义。

作为新时代革命军人，必须要牢固确立习近平强军思想的指导地位。习近平强军思想是习近平新时代中国特色社会主义思想的"军事篇"，是推进新时代国防和军队建设的"魂"和"纲"。我军要切实担当起党和人民赋予的新时代使命任务，就必须牢固确立习近平强军思想的指导地位，贯彻新形势下军事战略方针，坚持政治建军、改革强军、科技兴军、依法治军，拓展和深化军事斗争准备，为实现强军目标、全面建成世界一流军队砥砺奋进。

回想个人成长经历，印象较深的就是从1992年在军校上学，集中学习党的十四大精神，到今天我们潜心学习党的十九大精神，二十五年弹指一挥间，党和国家、军队都发生了翻天覆地的变化，取得了长足进步。自己也从军校学员成为已经任职六年的团级干部，切身体会就是不学习就不可能有发展、不可能有成长进步，这个进步不仅仅是职务上的、能力上的，更重要的是精神层面的。因为这是管总的、管根本的。而抓学习，重要的就是要始终用党的创新理论武装头脑、指导实践、推动工作，党的十九大报告，内涵深邃、博大精深，是指引我们今后工作的根本遵循。

二是要坚持刻苦学习，努力把十九大精神学深悟透。

坚持用党的十九大精神，统一思想，凝聚力量，坚持用上级决策指示统一思想，就是要紧跟形势任务，对上级的精神第一时间学习，第一时间传达，第一时间落实。作为部队的党员干部、单位主官，要力争在学懂弄通上做出榜样，我认为学习重点有以下几个方面。

关于大会的主题：十九大报告阐明的大会主题对我们党带领人民奋发图强、开拓前进具有十分重大的意义。全党要不忘初心，牢记使命，高举中国特色社会主义伟大旗帜，决胜全面建成小康社会，夺取新时代中国特色社会主义伟大胜利，为实现中华民族伟大复兴的中国梦不懈奋斗。

关于新时代中国特色社会主义思想：党的十九大通过的党章修正案把习近平新时代中国特色社会主义思想确立为我们党的行动指南，实现了党的指导思想的又一次与时俱进。这是党的十九大的一个重大历史贡献。标志着中国进入了新时代，人民军队进入了新时代！

关于我国社会主义主要矛盾的变化：对我国社会主要矛盾已经转化为人民日益增长的美好生活需要和不平衡不充分的发展之间的矛盾。我国社会主要矛盾的变化是关系全局的历史性变化，对党和国家的工作提出了许多新要求。

关于习近平强军思想：面对国家安全环境的深刻变化，面对强国强军的时代要求，必须坚持走中国特色强军之路，全面贯彻习近平强军思想，贯彻新形势下军事战略方针，建设强大的现代化陆军、海军、空军、火箭军和战略支援部队，打造坚强高效的战区联合作战指挥机构，构建中国特色现代作战体系，全面推进国防和军队现代化，把人民军队建设成为一流军队。

这两年，从人武部政委到干休所所长，工作性质不同，角色变化较大。为此，我努力从书本中学习，学习各项法规文件，力争从理论层面提高自己。向上级机关和老同志学习，学习工作经验和具体办法，力争从实践提升自己。特别在营房管理、卫生知识、老干部生理心理特点等方面，通过学习都有了一定程度的提高。

三是始终坚持勤勉工作，保证各项任务圆满完成。

"幸福都是奋斗出来的"，"路是走出来的，美好的蓝图变成现实，需要扎扎实实的行动"。结合当前干休所工作，调整即将正式开始，如同中央军委国防动员部盛斌部长在概括国防动员部五部职能基础上，又增加了"宝贵财富的服务部"的新概括，对我们工作提出了新要求，也是对老干部工作重要地位的定位。我们要按照"三个不降、一个没有后顾之忧"的原则，按标准、按要求，搞好服务保障。今年干休所的各项工作任务非常繁重，特别是综合整治、配合市政修路等大项任务都是政策性、敏感性很强的工作，我们要加强请示报告，有序有力地推进工作。

同时要始终坚持严格要求，确保干休所绝对安全稳定。条令条例是最根本的制度，国动部出台的六个安全管理方面的规范性文件：《部队管理工作若干问题暂行规定》《安全管理暂行规定》《安全管理工作检查督导暂行办法》《安全事故领导责任追究暂行办法》《安全管理考评暂行细则》《安全风险评估暂行办法》，它们是细化落实条令的法规，指导性、操作性都很强，对于基层来讲是遵循，也是一种敬畏。

作为基层单位，干休所是团的架子、排的人数，就是要坚决落实上级的一系列规章制度。"人车枪弹密，水火电钱航，酒油黄赌毒，涉外涉地方"，具体到我们所，人车密院钱，表现得更突出更现实，现役、公勤、老干部都要管好。老干部、老阿姨重点是要投入感情，有了感情做基础，他们理解你支持你，不折腾，不找事。

这几年，采取积极稳妥的措施处理了一些棘手的历史遗留问题。按照"坚决全面、积极稳妥"的要求，十户对外出租门面房全部按时关停；原六十三军西院十户老干部，因住房性质问题，反复向上级反映，经过做工作，再也不去了；外墙保温遗留问题已经彻底解决，生活服务中心相关事宜也都在向前推进。

做好干休所安全管理的几点思考

安全管理是军队基础性、综合性的工作，是单位全面建设水平的综合反映，是军队保持高度稳定和集中统一、圆满完成任务的重要保证。干休所作为基层单位，抓好安全管理有其特点规律，结合近两年工作实践我有几点思考。

一是始终坚持思想领先。就是要提高政治站位，安全管理最根本的就是要以习主席关于国防与军队建设重要论述为指导，紧紧围绕党在新形势下的强军目标，坚持依法治军、从严治军。

要利用上级决策指示统一思想。就是要紧跟形势任务，对上级的精神第一时间学习，第一时间传达，第一时间落实。今年是政治年、改革年，大事多、喜事多，要敏锐。

要把思想工作贯穿到安全管理的全过程。经常性的思想工作一刻也不能停，大道理讲好，小道理讲情，人文关怀跟上。

二是始终坚持制度落实。条令条例是最根本的制度，国动部出台的六个安全管理方面的规范性文件：《部队管理工作若干问题暂行规定》《安全管理暂行规定》《安全管理工作检查督导暂行办法》《安全事故领导责任追究暂行办法》《安全管理考评暂行细则》《安全风险评估暂行办法》，它们是细化落实条令的法规，指导性、操作性都很强。

省军区首长机关工作很务实，经常过来检查，帮助指导，指出问题，解决问题。特别是在今年全区开展的争创安全年活动中，我们所思路清晰、步骤明确。作为基层单位，干休所是团的架子、排的人数，就是要坚决落实上级的一系列规章制度。

三是始终坚持把握特点。"人车枪弹密，水火电钱航，酒油黄赌毒，涉外涉地方"，具体到我们所，人车密院钱，表现得更突出，更现实，现役、公勤、老干部都要管好。老干部、老阿姨重点是要投入感情，有了感情做基础，他们理解你支持你，不折腾，不找事。

四是始终坚持勤奋敬业。抓安全管理工作，没有什么捷径可走，只有想到讲到抓到跟到，深入到最基层第一线，这样才能发现问题，解决问题，特别是作为单位主官，要操心尽心，就这么几个人、几个兵，如果管不好，对不起首长的信任和关心。

公务消费用公务卡——好

　　7月1日，北京军区《公务卡强制结算目录管理暂行办法》已全面施行，办法明确了办公用品费、会议费等十七大项公务支出必须使用公务卡结算，规定了使用方法，明确了注意事项，规范了公务消费使用、核销的流程，为切实提高公务卡使用率，规范公务支出管理提供了制度保证。时代发展到今天，持公务卡进行公务消费势在必行，好处多多。

　　一是方便。"一卡在手，走遍天下"早已成为这个时代的鲜明特点，完全符合时代的要求。军队各个方面理应走在时代的前列，我们不能落伍，更不能"Out"。那种习惯于拿着现金满处跑、口袋里不装得鼓鼓囊囊不放心的消费方式早已成为过去。

　　二是安全。持公务卡开支，目的就是减少现金使用，提高支付透明度，加强经费监控管理。加强财务安全管理是整个"大安全"管理的重要组成部分和重点内容，持卡消费恰恰可以避免各种问题的发生。

　　三是廉洁。持公务卡开支，每笔交易都通过计算机，记录清晰，花了多少钱，干了什么事一查就清楚，一目了然，有效避免了许多不合理消费，也减少了各种腐败的发生。韩国、新加坡等国家，以廉洁而闻名，很大程度上得益于持卡消费，堵住了各种可能出现的漏洞。

　　好的制度，要靠好的人去执行，重在落到实处。各级后勤财务部门要按照上级要求，采取多种形式，广泛宣传公务卡强制消费的重大意义和好处，做到"家喻户晓、人人皆知"。还要搞一搞如何安全用卡的"小培训"，让每名账务人员和持卡人都成为"会用卡、会管卡"的明白人。还有，凡事只要领导重视，率先垂范，就好落实，就能很快落实。推进公务卡使用，各级军政主官要亲自提要求，要亲自搞检查，要带头使用，从而形成自觉用卡、规范用卡、安全用卡的良好氛围。

一句话，让刷卡消费成为我们的一种习惯吧！

发挥省军区部队桥梁纽带作用
不断提高军民融合发展水平

内容摘要： 新时期的国内外环境对军民融合提出了新的要求，党的十八大从实现富国和强军相统一的高度，科学阐明了新的历史条件下推进军民融合式发展的指导原则和建设重点，省军区部队发挥桥梁纽带作用，必须着眼实现富省与强军相统一，生产力与战斗力相促进，完善融合机制，丰富融合形式，拓展融合范围，提高融合层次，不断推进军民融合向更深更广领域发展，从而有效避免军民重复建设、分散建设，最大限度节约资源，构建和形成国防与经济社会建设均衡、有序、协调、可持续发展的新格局。

关键词： 富国强军　军民融合　思想融合　信息融合　职能融合

党的十八大从实现富国和强军相统一的高度，科学阐明了新的历史条件下推进军民融合式发展的指导原则和建设重点。省军区部队作为沟通军地的桥梁纽带，实行军地双重领导、担负双重职能，推行双重保障，具有军民融合式发展的独特优势和有利条件。如何紧贴使命任务，抢抓发展机遇，深化创新实践，不断提高军民融合发展水平，是迫切需要解决的重要课题。

一、省军区部队加速军民融合发展的主要动因

当前，国际形势正在发生深刻复杂变化，我国已进入全面建成小康社会的关键阶段，国防和军队现代化正在步入加速发展的重要时期。时代条

件和社会环境的变化是推动省军区部队加速军民融合发展的主要动因。

（一）战争形态的深刻演变是省军区部队加速军民融合发展的根本动因

当今时代，以信息技术为动因的世界新军事变革加速发展，正深刻改变着战争形态，战争作战空间的扩大、预警和准备时间的缩短、参战人员的平民化等趋势，使国防后备力量动员与作战指挥和保障之间几乎没有"时空差"。动员可能在多点、多方向、全维领域同时展开。作为支撑战争潜力的国防后备力量，由于其广泛地融于各行业、各部门之中，因此无论在平时还是在战时，都需随时准备履行其国防职能。因此，打破军民分割、自成体系的格局，利用国家资源和整体力量加速新军事变革已成为必然选择。省军区部队必须积极适应新军事变革要求，紧跟我军加快转型步伐，按照任务牵引、综合集成、规范建设、军地融合的思路，积极构建与作战任务相匹配、与国防动员机制相融合、与地方应急管理相衔接的综合防卫作战体系，不断提高省军区部队基于信息系统的体系作战能力。

（二）使命任务的深化拓展是省军区部队加速军民融合发展的直接动因

党的十八大报告深刻指出"我国面临的生存安全问题和发展安全问题，传统安全威胁和非传统安全威胁相互交织"，传统安全威胁条件下，省军区部队的使命任务主要是应战，随着非传统安全威胁的日益上升，省军区部队的使命任务，由单纯应战加速向应急应战一体化拓展。国际上，美军高调重返亚洲，加紧调整在亚太地区前沿的军事部署，以"空地一体战"作为未来作战样式，对国家安全构成直接威胁；周边中日钓鱼岛之争、南海之争、中印对峙等现实威胁呈上升之势，朝鲜半岛局势走向攸关国家安全和战略利益；在国内，虽然经济社会发展形势很好，但民族宗教问题错综复杂，社会转型期的深层次矛盾和问题日益凸显，重大自然灾害、突发公共卫生事件、安全生产事故、恐怖袭击等非传统安全威胁呈上升趋势。省军区部队的快速反应、联合行动、专业保障等水平与应对多种安全威胁需求还有很大差距，必须深刻认识面临的现实压力，始终站在巩固党的执政地位、维护社会发展利益、有效履行使命任务的高度，全面提高应对多种安全威胁、完成多样化军事任务的能力。

（三）社会形态的发展变化是省军区部队加速军民融合发展的基础动因

省军区部队寓军于民，社会形态是其建设发展的客观基础。改革开放三十多年来，国家经济基础、产业结构、城乡结构发生深刻变化，工业化、信息化水平大幅提升。行政手段对经济实体干预约束逐渐减弱，市场规律的作用发挥越来越明显。近年来，省军区部队通过加强理论武装、信息指挥、应急力量、国防动员和综合保障等建设，战斗力水平明显提升。但与形势任务发展变化、体系能力建设要求相比，还存在着许多薄弱环节。主要体现在，军地主体权责不够清晰、运行关系不够顺畅、体制机制不够健全。如对体系建设的特点规律、建设重点、方法途径研究不够；信息基础设施建设发展不平衡、标准不一、兼容性较差；军地缺乏有效的信息引接机制，信息流转不畅；一般应急队伍多、专业应急队伍少，很难满足应急应战专业性、技术性需要的对口补充；存在着编训不一、交叉混编、编用脱节等问题；应急应战装备保障渠道还不顺畅、专业器材短缺、技术含量偏低；后勤保障力量薄弱，社会化保障机制还不健全。破解这些问题，必须适应社会形态变化，坚持改革创新、探索特点规律、破解发展难题，整合建设资源、优化保障机制，进一步拓宽军民融合式发展道路。

二、省军区部队推进军民融合发展的基本要求

军民融合式发展道路是富国强军的必然选择。当前我国正面临着促进经济发展和维护国家安全的双重历史任务，现代社会经济发展及国防和军队建设对资源的需求越来越大，走军民融合式发展道路可以有效避免军民重复建设、分散建设，最大限度节约资源，有利于构建和形成国防与经济社会建设均衡、有序、协调、可持续发展的新格局。对于省军区部队来说，推进军民融合发展有四项基本要求：

（一）强化责任、形成合力

军地双方各级首先必须树立主动、深入、双向融合的思想，充分认识融合中有政治，融合中有大局，融合中有责任，拓宽思路，科学筹划，切实做到在发展中求融合，在融合中促发展。要加大党管武装工作力度，按照党委统揽、政府主抓、军地共建、联动落实的要求，建立党政军一体的

领导体制。地方各级党委重在把方向、抓大事、解难题、谋发展；省军区部队发挥好桥梁纽带作用，及时向地方党委建言献策；政府主要是依据有关政策法规，制定发展规划，规范建设标准，抓好监管落实。通过以观念更新带动工作创新，以思想进入带动融合深入，实现发展生产力与提高战斗力的有机统一。

（二）统筹兼顾、资源共享

要统筹军地资源规划，合理配置和有效利用各种资源，避免军地重复建设、分散建设，实现资源使用上的军民融合。加快军民两用技术和产品的开发，搞好科研成果转化，实现重点行业、重点产品和大型项目军民兼用，不断提高平战转换能力。要适应未来信息作战的要求，抓好军民两用科技人才的培养储备，建立信息人才储备数据库，完善信息人才预编预征等预案，提高战时科技人才动员的效率和质量。通过科学统筹规划，积极搭建军地资源共享平台，促进国防资源和民用资源的相互融合和优化配置。

（三）军地互动、实现共赢

实现军民融合既有很高的军事效益，也有很高的经济社会效益。作为地方党委政府，在制定发展规划时，应积极吸收军队人员参加，充分听取军队意见。省军区部队要主动向地方党委、政府及有关部门请示、协调、通报。要进一步深化训练演练，突出抓好联合作战、联合处突、联合救援训练，努力提高快速动员和保障能力。要强化靠作用赢得支持、靠作为赢得地位的思想观念，发挥省军区部队在打赢战争、维护稳定和服务发展中的作用，为全面建成小康社会提供坚强有力的安全保证和力量支撑。

（四）平战结合、创新机制

着眼于平战需要，理顺工作关系、形成工作合力，强化地方政府主导作用，畅通军地沟通协作渠道。发挥省军区部队桥梁作用，建立军地联席会议、合署办公等制度，确保责任到位、措施到位、落实到位。要抓好国防动员机制与部队指挥机制、地方应急管理机制的有效衔接，加强沟通协调，理顺指挥关系，不断提高平战转换和指挥处置突发事件的能力。重视发挥奖惩机制的杠杆作用，建立对军民融合的检查考评体系，健全相关的地方法规体系，提高军民融合式发展的法制化、规范化、科学化水平。

三、省军区部队军民融合发展的主要内容及实现途径

发挥省军区部队桥梁纽带作用，必须着眼实现富省与强军相统一，生产力与战斗力相促进，完善融合机制，丰富融合形式，拓展融合范围，提高融合层次，不断推进军民融合向更深更广领域发展。

（一）以思想融合为前提

推动军民融合式发展，既可以为国防和军队现代化提供丰厚资源和持续发展后劲，又可以促进经济社会又好又快发展。省军区部队亦军亦民，军民融合、互利共赢是建设转型的优势所在。省军区部队要发挥优势，把信息化、国防动员、后备力量、部团建设和军地两用人才培养等，纳入地方经济社会发展的总体规划，改变自我封闭、自我发展的落后观念，增强主动协调、主动融入的意识，用融合发展的共赢理念武装头脑、开展工作；深入开展国防教育，增强全民国防观念，强化全民忧患意识，结合山西实际，县域实际，开展以"爱我太行，固我长城"为主题的国防教育系列教育活动，在全社会营造地方关心国防和军队建设、军队支持地方社会经济发展的良好局面。

（二）以信息融合为主导

省军区部队必须适应战斗力生成模式转变的要求，加快信息化指挥训练网络建设，构建上下贯通、横向互联、资源共享的信息网络平台，为组织信息化训练和遂行应急应战任务提供技术支撑；要强化信息主导观念，突出信息化素养、信息系统运用、筹划指挥能力等重点内容，注重训练中教育、管理、保障条件的融合建设，推进信息化条件下训练模式创新突破；要充分发挥信息技术军民通用的优势，最大限度地借助地方信息资源，构建军民一体、高度集成的信息系统；要根据辖区需要和客观条件，密切军地沟通协调，建立联训联演联考机制，提高信息化条件下应对多种安全威胁、完成多样化军事任务的能力。

（三）以力量融合为重点

省军区部队要挖掘利用军地通用、平战共用资源，按照应急、支援和

储备三类队伍，优化规模布局，调整力量结构，创新编组模式，走"编训装管用"和"选征育储建"一体化建设路子，建成规模结构布局与遂行任务需求相匹配的新型力量体系；要针对国有企业改组改制、非公有制经济组织迅速崛起、农村人员大量外出务工带来的有兵无编、有编无兵等突出矛盾，坚持把民兵预备役组织与生产组织捆在一起，紧跟劳动力流向编兵，围绕生产建设活动练兵，突出民兵特点用兵，靠生产吸引兵员、落实组织；要针对专武干部进出不畅、预任干部作用发挥不够好、民兵骨干积极性不高等问题，探索从公务员队伍中公开选拔专武干部，走竞争上岗、多法培训、用管一体、畅通出口的路子；注重做好从政策上为民兵干部进"两委"创造条件，从"两委"中选准配强民兵干部的工作，切实提高素质，落实待遇，激发工作动力。

（四）以综合保障融合为基础

省军区部队要结合省情实际，把军民融合纳入经济社会发展整体规划，建立和完善军民结合、寓军于民的武器装备科研生产体系、军队人才培养体系、军队保障体系、国防动员体系，着眼融合搞好实验研究和有效对接，推进地方建设与国防建设的双赢发展；以国防动员委员会为依托，协调有关部门对承担军民融合式发展任务的单位实施一定幅度的税收优惠；牢牢抓住当前发展机遇，充分发挥双重领导优势，研究省军区人武部和预备役团落实项目立项、规划设计、工程建设等基础设施建设问题，全面提升部团建设的层次和质量；坚持把军官住房、职工管理、军转干部、随军家属就业、子女入学入托纳入社会化保障，不断提升军地联保综合效益。

（五）以职能融合为关键

省军区部队在积极协调地方党委、政府为后备力量建设服务的同时，紧紧围绕地方经济社会发展和重大活动，自觉在重大任务和建设中，注重发挥省军区部队组织严密、作风顽强、快速突击的优势，以实际行动赢得地位、彰显作用、深化融合；发挥指挥统一、行动高效的优势，积极参与重点工程、基础设施特别是转型项目建设；要立足本职岗位，深入开展岗位练兵、技术创新等活动，以实际行动为新兴产业发展献智出力；要坚持成建制用兵，积极参加绿化造林工程、生态建设、地质抢险和灾害治理；通过投入建设力量、部团挂钩帮村等形式，积极参与水利工程建设，加快新农村重点村建设，大力开展扶贫帮困、送法下乡、捐资助学等活动，加快贫困地区脱贫致富步伐。

（六）以制度机制融合为根本

组织领导机制方面，省军区部队各级应积极依托国防动员委员会关联平战、议事协调的特点，赋予其对军民融合式发展必要的组织领导职能。规划调控机制方面，应紧紧把握军民融合式发展的全局性、系统性和动态性特征，对工作规划进行必要调控。在从源头上加强需求与立项、定性与定量运筹控制的同时，优先把重点建设任务和具有双向需求、效益明显的项目安排好。要统筹好各级各部门的计划方案，对内容分解、实施部门、完成时限、责任区分等予以明细，按照必要的时间节点进行调控，随时校正。督导评估机制上，在目标任务上把握全局平衡和整体推进，在质量标准上把握资源管理和综合效益，在实施进度上把握纵深推进和全域协调，在检查改进上把握抓先帮后与奖惩激励。通过完善制度机制，推动社会经济建设和国防建设形成相互融合、相互协调、相互促进的发展格局。

参考文献：

［1］胡锦涛，坚定不移沿着中国特色社会主义道路前进　为全面建成小康社会而奋斗，第九部分，2012.

［2］牛振喜，各国军民融合的历程及我国军民融合的对策，《科技进步与对策》，2011，（23）：28.

［3］姜鲁鸣，关于中国特色军民融合式发展路子的思考，《国防科技工业》，2009，（8）：7—10.

［4］徐勇，创新体制促进军民融合，《科技日报》，2011，（1）：9.

有感而想

YOUGAN ER XIANG

从"小"开始

　　干什么事情，都应从小到大，由浅入深。搞创作、写报道也是这样，应该从"小"开始。从"小"开始就是从小块文章着手。短短几十字、上百字的小诗、简讯，往往比那些"长篇大论"让人看起来清新、舒畅。写小块文章是因为我们初学写作，自己的语言表达、文字功底还比较稚嫩，还没有驾驭长篇大论的能力。

　　从"小"开始，还应该选准投稿的突破口，从"小报"开始。因为小报往往报道的都是离我们生活较近的小事，写自己生活中熟悉的小事，上稿自然也就比较容易。

　　初学报道者往往是贪大求全，急于求成，结果往往是收效甚微。所以我们要从"小"开始，多写多练，这样才能写出像样的大文章来。

《郑州高炮学院学报》1993年3期

不妨学学"亚细亚"

"中原之行哪里去，郑州亚细亚"。如今的亚细亚商场已名扬天下，就连那刚上幼儿园的小朋友都会说："美在中原，食在亚细亚。"起初，我真有些惊叹"亚细亚人"是怎么发动起这么多的宣传"机器"。好在在郑州上军校期间，我已耳闻目睹"亚细亚人"的风采，那种惊叹也就渐渐平淡了许多，最终化成敬佩，慢慢地发觉自己也成了"亚细亚"的宣传员了。

每日清晨八时三十分，不论刮风下雨还是大雪纷飞，在亚细亚商场北门前都要进行庄严的升旗仪式和队列训练。十几名营业员小姐踢着标准的正步，手撑亚细亚旗帜，行注目礼将旗升起。之后，是队列训练，亚细亚小姐那潇洒利落而富有力度的动作，就连我这个军事院校的优等生都打心眼里服气。到亚细亚看升旗仪式，已成为郑州一景。

再看那分列大门两旁的礼仪小姐，无论何时都面带微笑，两手轻握，几个小时不动一下，迎送每一位"上帝"，如你不仔细看，还以为她们是"模特"呢。

等你把五个楼层转个遍的时候，想必你不难发现那一张张面带微笑恭候"上帝"的脸。你看到的、听到的只有营业员那娴熟的动作、温馨的话语和"上帝"般满意的笑容和赞叹声。这里的一切一切都是那样的有条不紊。

还有这里的一切一切都说明了几个问题。亚细亚商场的管理是严格的、服务是一流的……商场内外团结造就的氛围使得"亚细亚人"精神振作，赢得了"上帝"，从而产生了强大的经济效益，亚细亚商场的声望在不断提高。

于是，我想到了咱们太原的大商场。为什么它们的知名度不高呢？我看主要的原因还是没有练好内功，企业的员工素质没能得到充分重视。我想勤劳、质朴的太原人丝毫不逊色于郑州人，那富丽堂皇的内部装饰也不比"亚细亚"差，为什么就赢不得更高的声望呢?!

《太原日报》1993 年 12 月 7 日

还是吃"派饭"好

据报载，山西省黎城县某村委会三年内开支23.39万元，主要用于"接待县乡镇领导及水利、交通等重要部门的干部吃饭"，读后令人咋舌。

领导和政府部门到基层检查指导工作，是职责所在。为了抓好落实工作在基层吃饭，也是情有可原。笔者出生于20世纪60年代，记得小时候村里来了工作组，都是到各家吃派饭，每户一天轮着来。农民们总是真诚地将家里最好吃的东西拿出来，而工作组的同志吃完后还要留下几两粮票。吃饭时，工作队员与农民们边吃边聊，既体察了民情，又密切了干群关系。那时，许多工作组的同志都能叫出不少农民的名字，而农民进城办事，还要到工作组的同志家里去看看。这种出乎自然的干群关系真是让人怀念。

但不知从何时起，吃派饭这一优良传统慢慢消失了。工作组到了村里，不是调查研究、了解民情，而是一头扎进村干部家里，搞"单线联系"。到了吃饭时间，照例是要去饭店"简单"吃点，好像不如此就难以体现工作组的"分量"和村委会的"重视"。而如此一来，一是破坏了党和政府形象——这从干部们酒气冲天、趔趔趄趄走在乡村的街道上，围观群众冷漠、敌视的目光里便可看出。二是损伤了干群关系。近年来干群关系矛盾激化、恶性冲突不断的事例就是明证。三是增加了群众负担。如黎城县某村委会三年吃掉23.39万元，平均每天640多元。而这些钱最终还是"羊毛出在羊身上"，是由农民兄弟来负担的。可想而知，这种情况如果长期继续下去，后果将不堪设想。

我们一直在强调要加大反腐倡廉力度，改善干群关系，杜绝大吃大喝，那么，何不从吃派饭这一老传统开始呢！

《太原日报》2002年2月4日与魏宪亮合作

过年回家

值完春节的三天班，初三一大早，陪着爸妈，领着老婆、女儿和哥哥一家向老家祁县东观镇东王乔村出发。爸妈是从一个村走出来的，两边都是大家族，奶奶今年九十三岁，我有一个叔叔、两个姑姑。姥爷九十四岁，姥姥八十五岁，我有三个舅舅、四个姨姨，共有兄弟姐妹二十三个。而且相当一部分兄弟姐妹在外地工作，如此大的家庭能够相聚也是件不容易事，不知道从哪年起定了个不成文的规矩，初三在姥姥家聚，初四在奶奶家聚。我怀着喜悦的心情开始了回家的旅行。

亲情之行。过年回家就是一次亲情的大交流、大释放。随着年龄的增长，对家乡、对亲人的感情越来越深，越懂得其中的宝贵。特别见到奶奶、姥爷两位"90后"和姥姥这位"80后"，真是觉得太幸福了！马上七十岁的老爸老妈更是自豪。正值青春期不满十六岁的女儿也非常懂事，本来想参加初中同学的聚会，跟孩子一说，同学情谊当然重要，不过你们还小，将来相聚的机会很多。这时候，亲人亲情显得更重要些，特别还有老奶奶、老姥爷、老姥姥等着呢，孩子很高兴地和我们一起踏上了亲情之旅。

感受之行。这几年老家发生了许多变化，村村通、户户通，道路都进行了硬化，村容村貌有了很大的改观，再也不怕下雨下雪之后道路的泥泞。村里的菩萨庙也已修缮好，成了一个新景点。而且许多人家都翻建了自己的房子和院门，有了点深宅大院的感觉。家家户户都贴上对联，街道上挂满彩联，随着微风飘动，一些人家还把收获的玉米堆放在院门口，显示出丰收的喜悦，处处充满着节日的气氛。走在村里的街道上，我跟女儿说：

"这里是你的家乡，将来不管你走多远，这里永远是我们老武家的根。"

希望之行。乔家大院是回家的必经之地，和我们村同属东观镇管辖，相距也就七八里地，看到停车场里停着满满当当的各式车辆，看着川流不息的人流，不禁感慨，先人的奋斗给后人留下多么宝贵的财富啊！不仅是精神上的，还有物质上的。听广播讲，2016年乔家大院门票收入已突破一亿元。在它北面不远处的山西千朝谷国际旅游度假区是山西首个复合型休闲度假产业集群，包括四万平方米的千朝浪屿水世界、十万平方米的千朝观园、拥有八十亩湖面的高端房车营地、一百二十座生态农业温室大棚、存栏五千三百余头的"安格斯"肉牛产业基地等五大板块。初三下午，先是和孩子在千朝浪屿畅游了一番，而后住在房车营地一室一厅的小别墅里，感觉还是相当不错的，如同千朝的广告词"给城市一个空间，释放喧嚣的灵魂"。

2月3日，是农历鸡年的第一个工作日，是二十四节气中第一个节气——立春，也是姥爷九十四岁的生日。一年之计在于春，春是温暖，鸟语花香；春是生长，耕耘播种。写下这段文字，祝我的家乡越来越美，愿我的亲人朋友都幸福安康！

祁县是我老家，我必须常回去看看！

偶以成绩励自己

　　一般说来，一个爱拿过去的成绩炫耀自己曾经的辉煌的人，总会被人用"自傲""沾沾自喜""躺在功劳簿上，不思进取"来批评，事实上也是如此，如果一个人不爱学习，不愿奋斗，总是"自我感觉良好"，的确不利于他的成长进步。

　　在郑州上军校的那几年，队里学习气氛浓厚，受大家的鼓舞和启发，我时常动笔写一些身边的好人好事，和对生活的感悟，自己的文章时常见诸报端。

　　军校毕业后，我整天忙于值班、训练，手中的笔很难再握起，笔锋也钝了，渐渐地对写作也失去了信心，以至于刚到机关工作时面对稿纸竟不知如何落笔。我好不着急。

　　静下心来，拿出自己过去用心写出的或大或小、或精彩或平淡的文章，取出"获奖征文证书""先进新闻报道个人"的证书，想想自己也曾是每周能上两三篇稿子的"小秀才"，曾经也是受人瞩目的"焦点人物"，激情不禁油然而生，灵感也随之而来，上级赋予的各项任务自然也就迎刃而解了。在回忆过去成绩、总结经验教训后，我找回了自信，也找到了激励自己前进的动力。

　　我心释然，其实在你最感困惑、工作最感吃力、走入人生低谷时，不妨回忆一下过去的辉煌，"偶以成绩励自己"不也正是一种人生的境界吗？

《介休市报》1997 年 7 月 30 日

不一样的中秋节

中秋节过完了，短短的三天假期却让我感到了阵阵的清风正气。在中央颁布关于改进工作作风、密切联系群众的"八项规定"之后，我们身边正在悄然发生着变化，今年的中秋节也与往年不一样了。

饭店里少了公款吃喝，马路上没了公车出行，超市里不见了天价月饼，领导家里不再有放不下的各种高档礼品……没有人吃请，没有人收礼，自然少了送礼的人，少了那些以送礼为目的的天价商品。

应酬少了，大家可以过一个舒心的假期，做一些有益于身心、有利于家庭、有助于社会的活动。带着老婆孩子回家看看父母，陪陪老人，尽尽孝道；带着关心看望一下老干部，征求意见，坚持好群众路线；带着爱心走访一下困难家庭，深入群众，了解情况，解决困难。

节日过去了，但是这样的好风气我相信会一直保持下去。

车 站

这次休假，我到几个地方转了转，上飞机，坐轮船，乘火车，打出租，经过了大大小小的各种机场、码头、车站，有上车也有下车，有进站也有出站，见了那么多熙熙攘攘的人群，突然想写点什么，就用车站来作为机场、码头的统称吧！

车站是一个城市的门面。它是一个陌生人对新的城市、新的地方的第一印象，这个地方建设得如何，管理得如何，很大程度上，车站代表了这个城市的形象和定位。当然，车站也是一个最难管理的地方，因此，车站管好了，更能说明这个地方的文明程度。

车站是一个充满感情的地方。它是见证欢笑与悲伤、相聚与分离的地方。无论是亲朋好友，都要有分离与相聚、迎接与送别、接站和送站。作为一名入伍二十多年的老兵，经历最多的是送（接）新兵送老兵，应当说，送（接）新兵，相对而言是充满了喜悦（当然父母亲人送子参军也会有伤感），送老兵是带着伤感的。穿上新军装，来到新地方，新同志应该有一些忐忑。送老兵，踏征程，相处几年的战友要远行，心绪必然是伤感的。再加之，前些年都是12月份送老兵，冷冷的天气，冷冷的车站，有时候还下着雪，战友分离，泪水是最好的见证，大家相拥而泣，再次验证了什么叫战友情深！就连旁边的车站工作人员，也跟着掉眼泪。多少战友，此时分别，不知相聚在何时！

车站是一个有文化的地方。它应该成为代表当地文化的窗口，无论是百年老站，还是刚刚修成的高铁车站，都应该把文化这个核心突出来，从设计、建设到装修装饰，都应该有本地特色。

"打出来"的乖儿子

别人都羡慕我爸有两个"乖儿子"，老大在地方读大学，老二在部队上军校。爸爸常因此而自豪。每每有年轻的父母请教他教子的经验时，爸爸总笑着说："我这两个乖儿子纯粹是打出来的。"爸爸是军人，在部队工作了二十多年，莫非他真的信奉"枪杆子里面出政权"？

哥长我两岁，从小又比我聪明，于是，爸爸就让他早上了一年学。所以我刚走进校门时，哥已经成了四年级的"大学生"了。我一年级第一学期结束，爸爸第一次打了哥。原因很简单，哥由全班前三名下降到全班第五名，没考好的原因也很简单，考数学时忘记做一道题了。我爸生气了，让哥趴在床边，打了一阵"屁股"。哥流着眼泪说："今后，保证不再粗心了。"果然，哥的优异成绩一直保持到了大学毕业。

爸爸打我的那一次，是我当兵后在新兵连。部队生活艰苦，训练紧张，我真是有些受不了，一心想回家，爸得知我的想法后，赶来劝我。开始是"好言相劝"，我就是"死不开窍"，爸爸着急生气了，穿着大皮鞋踹了我两脚，说："想留也得留，不想留也得留！"这几脚把我踢醒了。

如今，我和哥哥都已经长大，爸爸也不打我们了，仔细想想，爸爸的"乖儿子"并非是"打出来"的，而是在我们尚未懂事之时，给我们指出了一条正确的人生之路！

《郑州法制报》1994年5月13日

《生活晨报》《家庭教育报》转载

人生中又一次"新兵连"

当过兵的人，大都有这样的感受。三个月的新兵连，是他人生中最难忘的一段经历，也是人生的一段美好时光。

时间过得真快，参军入伍已有二十多个年头，从列兵成长为上校。在自己将要步入四十岁的时候，我有幸参加了中共山西省委党校第五十四期中青年领导干部培训班。三个半月的党校生活，尽管与二十年前新兵连的环境条件、所学的东西都有很大不同，可以说是我人生中又一次"新兵连"，都是我宝贵的精神财富。

首先，学到了知识。省委组织部和省委党校，经过充分调研、科学设计、合理安排，六个单元内容充实，马克思主义基本理论，学习贯彻十八大精神、坚持和发展中国特色社会主义，战略思维与领导能力提升，菜单选课与井冈山延伸培训，山西省情与经济社会发展，党性修养与反腐倡廉。既有理论的灌输，又紧贴山西实际、工作实际、个人实际，很实在、很管用、很解渴。可以说，通过三个半月的学习，我们的理想信念更加坚实，政治理论根基更加扎实，工作思路更加清晰。

其次，增长了见识。久在军营，学习、工作、研究、思考的问题大都是关于军队的。三个多月来，走出军营，能够与来自各个行业、各个领域的优秀人才共同学习，相互交流，到井冈山感悟我党我军的优良传统，到企业、到农村感受改革开放的成果，可以说是开了眼界，长了见识。

再次，结下了情谊。五十四期中青年班，就像一个大家庭，班主任、授课老师和六十二个同学大家朝夕相处，没有"领导"，没有"职务"，大家都直呼其名，但更多的是"哥哥、姐姐"，无论是"元老院"的大哥大姐，还是"幼儿园"的小兄弟，大家都相亲相爱，相互关心，相互帮助。而且，这种情谊不是建立在推杯换盏酒桌之上，是在学习中、生活中建立的真情实义，少了些功利色彩，多了些纯真。

　　党校的日子已经过去，但它如同我第一次戴上军功章，成为我最幸福的记忆！

感冒中的想法

2017年12月一场强流感席卷全国，各地医院人满为患。自己也没有躲过，先是媳妇病了，我还说"身体好不怕传染"。四天后，自己开始咳嗽，之后发烧，浑身酸痛。本来单位就严重缺编，正好那几天其他同志也不舒服，一个行政干部都没有，再难受也得坚持。于是就在十几平方米的宿舍里躺着，边休息，边工作。更重要的是，增加了生活的感悟：

感受了温暖。当微信计步从每天上万步，到最少的一天是两百步，我的亲人战友朋友，好几个人打电话、发微信，这是怎么了，肯定是生病了，我一一解释，表示只是感冒而已，没什么大不了的。我的同事们，卫生所医生护士给我送药打针，食堂师傅给我专门做了几顿病号饭，班长董鹏杰、通信员韩琪顿顿把饭送到床前，部队那种相互关心、相互帮助的好传统，情景再现。

让自己清醒。躺在床上，任由自己的思绪飞扬，我感悟到感冒虽然是一个小病痛，但也很痛苦，健康是人生的基础，没了好身体干啥也不行！随之，想起了过往的许多人、好多事，学习、工作、交友，自己究竟做得如何？我的亲人、我的同学、我的战友、我的朋友都好吧！

给自己充电。经过四天的治疗，烧退了，感觉稍稍好点，平日里忙着各种事务，难得有了一份清闲，我躺在床上好好看了几本书，贾平凹的《愿人生从容》、李骏虎的《前面就是麦季》等，它们都是很好的作品。在文字的世界里让自己清静，让自己更加清楚地认识到这才是我想要的生活。

人生小悟

关于朋友。什么样的人，才是朋友？才能成为真正的朋友？或许每人心中都有一个标准，但也有一个普遍的认同。他肯定不是口头上的"好兄弟"，也不是酒桌上豪言壮语的"生死兄弟"。作为领导干部该交什么样的朋友，回答当然是肯定的，不是那些天天围着你说好话，表扬你、忽悠你、"保障"你的人。而是那些能够对你仗义执言，甚至弄得你不高兴，下不了台的人。"君子之交淡如水"，最好的朋友是那种能够精神上交流、工作上相互帮助的人。再者，我们听到也看到，所谓过去的好朋友，一旦"进去"马上都交代得一清二楚，数小兄弟交代得最快，所以说不是领导交友不慎，而是领导本身就不能那么交朋友。

关于金钱。生活在现实生活中，谁也离不开物质做"基础"，吃喝拉撒、柴米油盐都离不开钱。但君子爱财取之有道，只有挣工资最安心，吃自己的饭最舒服。再者一生一世钱再多，你的消费是有限的，所以说"钱多钱少够用就好"。正所谓"贫穷自在，富贵多忧"，再多的钱你也花不了，钱太多了反而成了负担。《治家格言》全文为："财也大，产也大，后来儿孙祸也大。借问此理是若何？子孙钱少胆也小。些微产业知自保，俭使俭用也过了。"一般说来，来得快的钱都不太好，偷来的、抢来的、受贿来的，看似得来得快，来得容易，其实背后付出的代价可能是一生的。因此，正所谓饭要一口一口吃，钱要一分一分挣。

关于健康。健康是吃出来的，就是要做到该吃啥就吃啥，该啥时候吃，就啥时候吃。既要注重食物的多样性，又要讲究定时定量，荤素搭配、主副结合、粗细兼顾。健康是养出来的，关键在养心，追求内心的宁静，把所谓的功名利禄，看淡些，放开些，也就是要保持一颗平常心，但真正放下又谈何容易？健康是练出来的。科学适量的运动是最好的，主要是根据自己的情况，找到一套适合自己的锻炼方法，跑步、散步、游泳、太极、瑜伽、广场舞等等，运动的种类太多太多了，但核心是贵在坚持，一以贯之。

关于快乐。人生在世，大抵所有人活着都愿意快快乐乐的。但现实的状况是，恐怕谁也不可能没有烦恼之事，但我们可以尽量去寻找快乐。知足常乐，对人生，对当下的生存、生活状态满意，对所谓的功名利禄，看淡些，想开些，比什么都好。畏法度者最快乐。不管是"当官的"还是"老百姓"，只要按规矩办事，在方方面面的条条框框内做人、做事，出格的事一点不办，都会平安无事。简简单单最快乐。把复杂问题简单化，把不好办的事办好，把错综复杂的人际关系搞顺畅，这才是真本事。

红薯情

进入冬季，红薯成了盘中之美味。或蒸或熬稀饭或炸拔丝，当然还有烤红薯，各种做法都是很好吃的！

忽然想起了有关红薯的三段情谊。六岁时，跟爸爸妈妈随军到了北京郊区的一座军营里，旁边是一个军级单位的大院，我和哥哥上学来回路上，要经过一片红薯地，在人家收完以后剩下的地里能捡些小个儿红薯，拿回家以后，我的爷爷就在火炉边，给我们烤红薯吃，嫩嫩的、黄黄的，三十多年过去了，想起来还那么香。那是爷爷对两个孙子的一份爱、一片情。

前两天，我在平定人武部任政委时的职工海平到太原来办事，专门过来看我，给我拿了两箱平定有名的半沟红薯，在平定工作了近三年，如今调回太原工作也将近三年。那里的兄弟朋友，还能时常想起我，应该说也是一种荣光吧！在平定工作时早就知道，半沟红薯是当地有名的特产，这两天又欣喜地看到在阳泉举行了第二届半沟红薯文化节，小小红薯，带动了一方的经济，促进了老百姓的增收。期盼半沟红薯，走进太原，走向全国。

"最美祁县"微信公众平台的主要策划者，是我的祁县老乡郭瑞刚，这两天也在太原。他到我这儿来坐了坐，喝了杯茶，聊了会儿天，带来了我们祁县东观有名的瓦屋红薯。祁县是我的老家，有永远也割不断的情，一种与生俱来的情怀。期待祁县也能搞个瓦屋红薯文化节！

昨天是西方的感恩节，作为一个对中国文化传统比较看重的人，对西方的节日向来不是很感兴趣。但是对感恩节，我并不抵触。就让我们用感恩的心，感恩那些对你好的人、那些经历过的事、那些一切吧！

怀想"琼瑶热"

曾几何时，很是火了一番的"琼瑶热"在不知不觉中降了温。如今的人们已远不如前些年读琼瑶的小说那么如痴如醉。可是读着眼下畅销的小说，看着电视里反映现实生活的电视剧，不禁又让我怀想起当年的"琼瑶热"。

爱情，是人类永恒的主题，自古就有无爱不成戏的说法。时到今日，历尽沧桑，这"爱"仍旧，只是这"情"变了几分味。且看我们现在的小说、电视剧，似乎哪个里面都不少了"畸恋"，也就是"婚外恋"，不是功成名就的男人金屋藏娇养着年轻貌美的"小蜜"，就是老公经常不在家的女人受不了诱惑和别的男人好上了。再不就是两个素不相识的已婚男女"一见钟情"，爱得死去活来，全然不顾各自都是拖家带口的人。总之，爱得乱七八糟，爱得糊里糊涂，爱得不明不白，爱得让人痛苦、恶心。难怪有人说："我们生活在一个滥情的时代，在这个时代里已经没有永恒不变的爱情。"

看着、听着这些关于爱情的作品，你又怎能不怀想起琼瑶的作品呢？应当首先声明，笔者是位堂堂正正的七尺男儿，自然对琼瑶的作品也不是十分关注，只是偶尔从女同学的手中看过几本，但从这些作品中，诸如《窗外》《一剪梅》等，尽管与平常百姓的生活差距甚远，有点生活在世外桃源、不识人世烟火的味道，但从中读出的还是真、善、美，是纯洁的爱情、真挚的感情。

是啊，有空还是看看琼瑶的书吧！

简单些……

前段时间，老同学聚会才得知一位在重要部门的重要岗位上"混得不错"的邻班同学，因为贪污、挪用公款数百万元而锒铛入狱，我的心中真是为这位老同学感到十分惋惜。当然他走到这一步，究其原因，说到底是不注重思想改造，贪图享受，胆大妄为。但有一点也值得我们反思，听别人讲，这位老同学平日对待同学、朋友非常的"热情"，只要是找到他门下，肯定是好烟、好酒招待着，不喝个酩酊大醉不算完，而且还要有其他"活动"，把本来简单的事情办复杂了，把本来纯洁的关系"庸俗"了。或许，这位同学感到只有这样才能表达朋友、同学间的情谊，只有这样才算是"好生活"。

本人不敢苟同，生活还是简单些好，办事情还是简单些好。时下，一些人整天忙于各种应酬，吃饭动辄就是成千上万，而且是不喝倒一个不算数，饭后还要洗澡、打牌甚至玩一些出格的节目；还有些人忙于构建各种关系网，到处请客送礼，拉关系、找门子，把本来很纯洁、很简单的同志关系，搞得复杂化、庸俗化。我们也不是反对正常的人际交往，朋友们在一起聚聚也实属正常，"君子之交淡如水"说的就是这个道理。由此看来，生活还是简单些好。

我的老家是祁县

前几天，马上初中毕业的女儿，在填写毕业证上的籍贯时，大声问："妈妈，我籍贯写哪儿？""当然是祁县！"我在旁边激动地叫唤着。"为什么？我生在太原，长在太原。"女儿声音小了许多，在那儿嘟囔着。"因为祁县是爸爸的老家，那是咱们老武家的根。"为了让女儿更服气，我还搬出《辞海》找到解释："籍贯，祖辈居住或个人出生的地方。"女儿的疑问是太正常不过了，对她而言，祁县只是每年过年回去转一圈，看看老奶奶、老姥爷、老姥姥，吃顿饭就回来的"景点"，即使五六岁时和爷爷、奶奶在老家住过半个月，也早不记得了。

祁县是我的老家，书面语应该叫故乡或者家乡，对家乡有着最朴实最亲切的情感，那是骨子里带的，永远也不可能改变。只是，不满六岁的我，便随着当兵的爸爸走南闯北离开了老家，实实在在地讲，对家乡的记忆并不深刻，许多记忆都是靠父母的讲述。

乡音不忘。部队大院长大的孩子，一般都会说一口纯正的普通话，我自然是这样，在北京生活了八年，甚至言语中还多少有点"京腔"。谁也听不出来是"祁县家"。不过，回到家里，到了老家，与老乡们在一起，我一口地道的祁县话，还是让好多人惊讶！自己之所以会说，主要是有语言环境，爸妈哥一家四口，还有"奎儿"大爷一家三口，七个人在一个院里，有事没事，两家人在一起聊天吃饭，说说笑笑，外省人以为我们说的是"外语"。

乡味难离。有人说过，一个人的饮食习惯，与他青春期的饮食有着密切的关联。作为一名入伍二十多年的老兵，吃食堂的饭，远远超过吃家里的饭若干倍，山南海北全国各地也去了不少，山珍海味也吃过一些，不过最爱吃的还是妈妈做的面，揪片、拖叶儿、剔尖、拉面等（实际上用祁县话说更好听），记得奶奶说过一句很有人生哲理的话："什么是好吃的，爱吃的就是最好吃的。"或许家乡的面就是我最爱吃、最好吃的东西吧！

乡情难舍。一方水土养一方人。记得，我带过的几个兵，都和我说过，"你们祁县人是不是都像你一样，那么善良"。他们跟着我都接触过祁县人，普遍都是绵绵善善的，没有什么脾气。现在来看，善良是人性最宝贵的东西。"善为贵"，姥爷已经九十三岁、奶奶九十二岁、姥姥年轻点也八十四岁了，而且都是头脑清楚，生活也能自理。老人家都一辈子生活在农村，论医疗、生活条件都与城里没法比。我想老人家长寿的原因最重要的就是一个"善"字，心地善良，与人为善。

如今家乡焕发出盎然生气，乔家大院、麓台山、昌源河湿地公园、千朝谷等一大批景点、项目，让我们祁县名扬海内外，我作为"祁县家"感到特有面子。

祁县是我老家，我要常回家看看！

练书法 悟道理

人过四十，要努力让自己静下来。加之工作环境的改变，工作之余每天练练书法，写写毛笔字，成了我的一种生活状态，学习工作的一项内容。如果遇上出差休假，有个十来八天不写，真有点浑身不自在的感觉。尽管深知自己没基础，没天赋，但通过一年多的坚持，自我感觉还是有了一点点的进步，而且还在练字中，我找到了乐趣，对人生对世界有了一些新思考。

继承与创新。继承是创新的前提与基础，"颜柳欧赵"永远不过时，只有从临帖开始才能步入正道，从练楷书开始，才是写字的正路。而且，我觉得没有三年五年的基本功做基础，今后也不会有什么大发展，这就是继承。创新，是在继承基础上的发展，必须有丰厚与扎实的基础，而不是空中楼阁，更不能是无本之木，无源之水。新与奇、与怪还有着根本性的差别，当下光怪离奇的人与事不少，单就书法而言就有许多怪相。

用力与用心。干活出力是最基本的要求，写字不用力，肯定不行。必须用体力、功夫做支撑。用心是关键，做人做事必须要用心，写字更是用心的活，只有多琢磨、多思考、多体会，才能有所提高，有所进步。

经常与突击。经常练是必须的，日复一日，久久为功，把练字作为生活中必需的内容，作为一种生活方式，像吃饭、穿衣一样。天天练，天天有进步。突击，就是在时间、精力允许的情况下，集中发力，练他个昏天黑地，练到手发酸，也是可以的。

以上是我一年多来练习书法写字的一些感想、感受，写字是人生的一部分，人生与写字，其中的道理何尝不是一样呢！

母亲买的毛背心

　　双休日带着老婆、姑娘回家看望父母，陪两位老人吃吃饭、聊聊天，其乐融融。吃完饭，老妈从她房间里的柜子中，很认真地取出一件毛背心，递给我，说："这是妈今天在早市给你买的，试试大小合适不？"我接过来，一看就知道是那种很便宜的，充其量也就几十块钱。我二话没说，马上穿上试，"非常合适，挺好的！"老妈脸上露出了欣慰的笑容。我的眼里却含着点点泪花。不禁，想起从记事起，妈妈带着我和哥哥的点点滴滴……

　　妈妈自小在农村长大，先是在村里当赤脚医生，后跟着爸爸随军，辗转北京、太原等地方，在部队的家属工厂当工人，如今退休在家已有几年。妈妈一生非常勤俭，吃穿用都是精打细算，从不浪费，记得不论是小时候住的小平房，还是如今老两口住的高层，虽然没有一件高档家具，但家里多会儿都是干干净净、利利索索，正因为妈妈的勤俭持家，我们家才过上了"小康生活"，我和哥哥也从小养成了老老实实、规规矩矩的好习惯。

　　如今，自己在部队已经成长为正团职军官，每个月有大几千元的工资，买件质量好点、价格高点、像样点的毛背心，还真不是什么大事。但是，我想，妈妈给的毛背心，不在乎是不是"鄂尔多斯"，不在乎是不是百分之百的含毛量，它穿在身上，暖在心里。

您好，碧莎人

笔者曾写过一篇题为"军人，大厦人"的文章，写出了军人与大厦的深情厚谊。因为那时碧莎集团股份公司还称为郑州商业大厦，如今郑州商业大厦为适应市场竞争实行股份制并更名为碧莎集团股份公司了。

作为碧莎集团的老顾客、老朋友，有幸目睹其发展、创新、壮大的情形，心中涌起思潮滚滚，于是匆匆提笔写下这只字片语。

笔者是在郑州上的军校。大家都晓得军校生活是严格、紧张，处于封闭状态的。笔者曾接连数星期未出过校门，直到某个星期天到学院家属院办事才得以长时间第一次走出校门。到了家属院，但见院内摆着许多服装、食品等商品，旁边挂着一条大横幅，上书"郑州碧莎集团股份公司为炮院服务队"。我当时真纳闷这"碧莎集团股份公司"究竟在哪里，怎么单来为军人服务？走到跟前，却发觉卖东西的小姐、先生们的脸庞却那样的熟悉，于是赶忙上前询问，这才明白"碧莎集团"就是原来的"商业大厦"。我心释然，"商业大厦"变成了"碧莎集团"，但他们热爱军人、关心军人、为军人服务的好传统没有变。

之后，笔者又去过几次碧莎集团，看到营业员微笑依旧，热情服务依旧，依然热情周到，依然彬彬有礼，依然那样温暖人心。

或许，您要问，这"碧莎集团"比起"商业大厦"还是"依然如故"了。当然不是了！君不见商场内的装潢又漂亮了许多，服务质量又提高了许多，君未听说全市第一条专供残疾人使用的通道在这里开通……

碧莎人又迎合着时代节拍，走到了改革大潮的前列！

衷心祝愿碧莎人——好运长久！

《碧莎时讯》1994年5月23日

陪女儿中考

人生不停地向前走，要一关一关地过。这不，总觉得还是个小娃娃的女儿，已经十五岁，要面临她人生当中第一次比较重要的关口，一次由她自己主宰的关口——中考。回想陪女儿中考的那三天，似乎没有莫言先生写的《陪女儿高考》中那么细腻的情感和诺贝尔文学奖得主的文采，但作为父亲的心情应该是完全一样的。

说实话，对女儿中考自己还是心中有底的。因为，平日里学习成绩还算稳定，在山西省实验中学这样的学校，女儿一直在班里十名左右晃悠。只是体育总分五十分，只考了三十八分，一下子让孩子有了压力。孩子的压力传到了家长的身上，我们赶忙安慰孩子："现役军人子女按规定可以减十分录取。没事，这不又和其他同学站在一个起跑线上了，好好考文化课就行了。"

6月20日是女儿参加中考的时间。今年考场安排是由电脑随机抽取的，女儿被安排到太原市杏花岭实验中学，离家远一些，再加之今年太原市到处修路，是住家里还是住宾馆？我马上开车到学校周边勘察地形，提前踩点，看看有没有合适的宾馆。在学校附近住的陈同学，知道后，马上打来电话："中午就在我老婆公司吃饭休息。"陈同学是我的发小，从十二岁就在一起，三十年从没有失去过联系，他老婆我们自然也很熟悉，这几年发展得不错，公司在东山一个高档小区里，有专人做饭，条件环境很好。单位韩、郭同事，父母家在附近住，也主动说，把房子腾出来，让女儿安心考试。同学、同事的热心，让我们感动。住哪儿还得孩子做主，经过思考、考察，最终定在富力铂尔曼大酒店，这是家五星级大酒店，一晚上将近五百元，环境好、去学校交通也通畅，好的环境让我们多了些的好心情。写到这，我想起了三个词语，似乎早就预示着女儿的中考会比较顺利。

一是紫气东来。太原市杏岭实验中学，学校在东山之上，以我对太原的了解，应该是位置在太原最东边的学校！日出东方，紫气东来，是个好兆头！

二是喜上眉梢。东中环开通时间不算太长，路边绿化得不错，有树木有草地，树上的喜鹊一直叽叽喳喳地叫，看看它们轻盈地飞舞与跳跃，真是喜上眉梢！

三是好雨添福。6月末的太原，天气已经有了热意，动一动就一身汗，中考那三天，每天下午都要下阵小雨，这样，空气更清新了，温度也降下来不少。老天爷似乎知道孩子们和家长们的心情！

写下这些文字时，太原已经进入寒冷的冬天，女儿也已适应了新的高中生活，每天早上六点多就出门上学，晚上十点才能下晚自习，很是辛苦！学习成绩嘛，透露一下，期中考试全班第一！

明天就是新的一年了！爸爸想跟你说："姑娘，再过三年，爸爸接着陪你去高考！"

陪女儿高考

三年前，女儿参加中考，我有感而发写下了《陪女儿中考》。经过三年的刻苦学习，卧薪尝胆，她迎来了人生最重要的时刻——高考。

回顾女儿这三年的高中生活，可以说真是蛮拼的！从高一普通班的前几名，到学理科上火箭班，特别是进入高三，学习真的抓得非常紧。每天早上六点多出门，晚上十点放学，到了高三第二学期，三天一大考，两天一小考，孩子们的确太辛苦了！

高考前，我特意置办了一身新衣服，寓意"开门红，状元红"。生活需要仪式感，就是要把平淡的生活过得有滋有味，有情有谊。

我和妻子分工明确，我负责接送孩子，她在家负责做饭。6月7、8日，太原的温度不算高，时不时还有阵雨光临，给孩子们创造了比较好的环境。全社会都关心高考的孩子们，车辆限行，公安、医疗、电力等部门都全力以赴，保驾护航，形成了良好的氛围。

实力是说话的底气。有句话叫"临阵磨枪不快也光"，我认为这只是应急状态下的一种反应，主要还要靠平时的刻苦努力和不懈奋斗，成绩就是平时状态的客观反映。平时不努力，临时抱佛脚，成绩也不会有多大的改变。

两天时间顺顺利利考完啦，终于松下一口气，孩子开心地出去玩儿了，我们也可以高高兴兴地放松一下，喝顿快乐的大酒。

可高兴两天后，又焦虑地等待成绩，也真是忐忑不安。好容易等到成绩公布的时候，又是半夜，不知不觉一个不眠之夜过去了！在等待成绩公布的时候还有一件趣事，一只信鸽飞到了我家阳台上，我感忙问几个养过鸽子的同学，他们告诉我，这是一只非常好的鸽子，这是来给你报喜的！

凌晨查到孩子的成绩，我心中的石头落了下来，随即又急切等待山西一本分数线的划定。一本分数线划出来以后，又开始填报志愿报学校报专业，又是找老师，又是请专家，又要问去年考过的家长，真是辗转反侧，夜不能寐啊！这些恐怕只有真正经历过高考的家庭才会懂，过去只是听说过，真正到了自己家孩子的时候才懂得其中的不容易。

盼望着，等待着，录取通知书到了，拿到录取通知书的那一瞬间，突然又反应过来一张录取通知书代表着希望和未来，同时也意味着与自己的孩子的离别。

通知书预示着孩子即将踏上新的征程，意味着与父母与故乡长时间的别离即将来临。想到了二十多年前，我们离开家乡去求学的时候父母送行的样子，人生或许就是这样的。

写下这段文字，孩子已经开始了崭新的大学生活。送孩子报到，想起了龙应台说的一段话："所谓父女母子一场，只不过意味着，你和他的缘分就是今生不断地在目送他的背影渐行渐远。你站立在小路的这一端，看着他逐渐消失在小路转弯的地方，而且，他用背影告诉你，不必追。"

未来的路好漫长，爸爸相信你会越走越好的！

骑车子"捡"来的快乐

　　春暖花开，春意渐浓。周末，骑上我的变速车，到处转转看看，真是惬意。在宽阔的长风大桥上，正看着汾河波光粼粼，感慨我大太原的美丽。忽然，前方地面发现两张拾元人民币，应该是在我前面的两个小年轻掉的，我捏闸、停车、弯腰把二十块钱捡起来，使劲骑，赶快追，到底是年轻人，骑得真快，我边骑边喊，直追到下了长风桥才追上："小伙子，你的钱掉了。""谢谢叔叔！""哈哈，真不用！"或许正好是下坡的缘故吧！我骑得格外轻快。

征兵义务宣传员

记不得周几了，我穿着军装外出办事，距离不太远就骑了公交自行车，放车子的时候，一个二十岁左右的小伙子拦住我，突然问："解放军叔叔，我是大一学生，能不能当兵呀？"我说："你还真问对人了，虽然我现在不管征兵了，可以前管了好几年。国家鼓励大学生参军入伍，有许多优惠政策，你回去到全国征兵网上查一查，就全明白了，标准要求、程序步骤都有了！好男儿就要去当兵！"小伙子还是挺机灵的，用力地点点头："谢谢叔叔！"看着小伙子慢慢骑远，我心中默默地想，小伙子去了部队该是个好兵！

小琢磨

前几天，身体有点小恙，在床上躺着，心生感慨！

身体是革命的本钱，谁也赔不起。关于健康的重要性，大家都很清楚，但往往是等到自己真正生了病才知道其中的重要性，健康是一，其他的事业、财富等才能够成立，如果健康是零，后面一切都等于零。包括平时有个头疼脑热的，也是正常的，因为那是身体在给你提示，在给你警示，需要你注意了！

再热闹的人生，也要回归平淡。记得一位老领导讲过，职务再高也有退休的时候，身体再好，也有生病的时候，年龄再小，也有老的时候，说的就是这个道理，早退休晚退休，早晚要退休，都要回归人生的本质，那就是平平淡淡、平平安安！

新常态下的交往思考

"八项规定"出台以来，各级干部和广大人民群众积极支持，举双手赞成。许多同志讲，从令人不厌其烦可又不好推脱的应酬里、从饭局酒场中解放出来，从过节该不该去看领导的纠结中释放出来，人际交往轻松了许多。但也有人觉得，朋友怎么交、友情如何表达成了新问题。笔者以为，新常态、新形势下交友、处事必然也要有新常态。

以茶会友。一杯清茶叙友谊，古往今来，茶都与高雅相连，交朋友就该如清茶一样，看起来清清爽爽，品出来回味悠长。笔者近期亲自参加并见证了几次领导干部的交接调整，不管是开大会、搞座谈、吃工作餐，都是清茶一杯，大家谈工作、传经验、交感情，我看也挺好，大家都很清醒，该说的说了，该交的交了，也没什么负担。

以文会友。读书、写文章都是让一个人精神世界丰富的事情，以文会友、以书会友都是前辈给我们留下的好传统。在自己读好书、写出像样文章的基础上，大家在一起交流学习的心得与体会，可以口头表达，可以用文字来交流，观点一致时可以相互表扬、相互肯定，不一致时可以争辩，甚至是争吵，笔友、书友应该是走到灵魂深处的好朋友。山西省青联常委吴恺发起的青莲读书会，组织的各项健康向上的读书交友活动，就深受大家的欢迎。

以体会友。身体健康、身心愉悦，我觉得是人生追求的最高境界。运动让人放松、让人减压、让人舒服。工作之余，锻炼身体成为新的时尚，正所谓，"请吃饭不如请出汗"。运动中可以交球友、泳友、跑友、骑友、驴友，大家在一起出力、出汗，共同锻炼身体，这是多么美好的事啊！

不妨借鉴一下"飞行药检"

最近读某报一篇题为"借鉴一下'飞行'药检"的文章，读罢感触颇深，思考良久。这一做法，值得推广。

文章中写道："近年来，人们对各种各样的检查颇多微词，因为许多检查确实收效甚微，有的甚至走过场，成了形式主义的东西。如何加以改进？国际田径联合会在全球范围内采取的'飞行药检'可资借鉴。"

检查工作，是领导机关掌握真实情况、发现问题、解决问题的重要方法，本身并无可厚非，问题出在"检查"本身上，有的检查组提前相当长的时间，把检查的时间、内容、地点通知下去，有的检查组下去走马观花、蜻蜓点水，基层也早把要检查、考核的内容整理得"井井有条"、演练得"滚瓜烂熟"，达不到检查的效果。再者基层单位对"接待"这个科目更是提早准备，高规格落实。

我们之所以借鉴"飞行药检"是因为它有三个特点：一是检查的突然性；二是检查结果的权威性；三是处罚措施的严厉性。如此，可以克服检查的诸多问题。由此看来，我们检查也该检查了！

永远不要丢掉勤劳的本色

2016年1月，这是一个注定让人记住的冬天，全国一片严寒。龙城太原，也创下了新低：最低温度零下二十三摄氏度。在这样一个严寒的冬天，微信圈里的段子足以说明冷的程度："这天气，能出来工作的都是亡命之徒，能出来见面的都是生死之交，太阳还能叫太阳吗？那就是冰箱里的灯。"现实生活中有几件事让人记忆深刻：

临近年关，家里搞卫生，擦玻璃，一位原平的四十四岁的老哥"中标"，四扇窗户，三个小时，八十块钱，玻璃擦得干干净净，老婆很是满意。

回家上楼电梯里，碰到一位"快递哥"，全副武装，裹得严严实实，正在送快递。几句闲聊，知道"快递哥"送一份快递挣一块钱，没有底薪，多送多得，一天最多送过一百二十件，最少的七八十件，没有节假日，不管风吹雨打。

山西省天镇县组织农村妇女，瞄着春节前的"保姆荒"，培训之后，到北京从事家政服务，两个多月就能挣七八千元。只是得失去春节与家人的团聚，用辛苦换收获。

忽然又想起来另外见到听到的几个人、几件事，形成了鲜明的对比。

或许我们都见过，年纪轻轻就化装成乞丐，伪装成残疾人，行骗路人，骗钱骗物骗感情。

还有，街头上的"碰瓷"专业户。某市街头一个老汉、一个妇女，二人搭档，瞅准机会就碰车，被碰者一看八十岁的老汉，明知是被"碰瓷"，为了不找更大的麻烦，也只好掏钱了事。

再有，没事就上访的"专业户"。我在县里工作了三年，见了几个"专业"上访户，不去工作，不去干活，每天到政府办公楼里转悠，到处刷存在感。

前后六种人、六件事，形成了鲜明对比。让我们思考了许多。是靠双手、靠勤劳去创造财富改变生活，还是游手好闲，不劳而获，甚至是动歪脑筋，想损招，去坑害别人。正确答案，显而易见。

习近平总书记在中央扶贫工作会议上强调："脱贫致富终究要靠困难群众用自己的辛勤劳动来实现。""靠辛勤劳动改变落后面貌。"

勤劳善良是我们中华民族的传统美德，到我们这一代千万不要丢掉！

三十年
——写在初中同学相识三十年之际

提起三十年，
恐怕我们第一感觉，
会想到的是三十年的老白汾。
因为经过时间的沉淀，
它醇厚、甘甜。

三十年，
在人生的旅程中已经不是一段小过程。
三十年前，
我们正值青春年少，
那时候我们老大的头发是茂盛的，是黑黝黝的。
那时候我们的女同学都是十分清纯的、青涩的！

三十年前，
我喜欢你，
三十年后，
我依然喜欢你，
只是那时是那样的喜欢，
现在是这样的喜欢。

有点不一样，其实也一样。
三十年，
我们求学、工作，
我们娶妻嫁人，生儿育女，
还有的经历了送走老人的伤痛。
每个人选的路不同，
但都有奋斗的过程！

三十年，
我们头发白了，肚子大了，血压高了，
这是岁月的见证。

三十年前，
我们刚刚进入青春期。
三十年后的现在，
我们已是不惑之年。
再过三十年，
我们该是古稀之时。

人生不停地向前走，
谁也阻挡不住它的步伐。
我们都在一天天长大，
愿我们的心，
永远如同三十年前那么清澈而有力，
期盼着我们一起再走过三十年。

"三学三争当"关键是真学真争当

在热烈庆祝中国共产党建党九十三周年、党的群众路线教育实践活动扎实开展的关键时刻，中共平定县委决定在全县广泛开展"学习王国平，争当好党员；学习王存玲，争当好干部；学习刘建平、裴海平，争当好带头人"的"三学三争当"活动。这是进一步引深教育实践活动，凝聚全县上下为民务实、干事创业、共谋发展正能量的重要举措，符合当前平定发展实际，顺应广大人民群众的热切期盼。

运用典型推动工作是我们党的优良传统，从革命战争年代到和平建设时期，以及进入改革开放的新时期，都涌现出一个又一个具有鲜明时代特色的先进典型，张思德、雷锋、焦裕禄、杨善洲、郭明义等，让大家学有榜样、赶有目标。

这些来自身边的典型，他不远、不虚，不是"高大全"，他们有血有肉，可亲可信。王国平就是我们村里的村医，王存玲就是我们镇上的普通干部，刘建平、裴海平就是我们村的支书，他们和我们生活在同一方热土上，工作在同一片蓝天下，如同我们的兄弟姐妹、叔叔阿姨，干的都是我们普通人、普通党员正在干的事情，只是他们比我们干得更用心，干得标准更高一些。

向身边典型学习，不需要唱高调、空表态，作为普通党员，我们就是要积极响应县委的号召，立足本职岗位，从小事做起，从点滴严起，以正在做的事为抓手，认认真真地学，实实在在地干。要真学真争当，自觉做到一心为民，把老百姓的事放在心上，抓在手上，在平凡的岗位上创造不平凡的业绩，以实际行动贯彻"为民、务实、清廉"的总要求，成为广大人民群众信得过、靠得住的贴心人。

《平定》刊发

夕阳有情

　　报载，太原市三十三个退休老人组成一支"杏花汾酒万里香"志愿宣传队，骑自行车穿越晋、豫、苏、沪等八个省市，历时五十二天，行程万余里，引起各地媒体广泛关注，为山西增了光，为汾酒扬了名。

　　老人们不顾年事已高、路途艰险，不遗余力地为我省品牌加油呐喊，其热爱家乡的真情让我们这些年轻人自愧不如。

　　对老人们的壮举，不知那些造假害人、自毁声誉的人做何感想？不知道那些在旅游景点宰外地客，破坏山西形象的人们做何感想？不知那些迷信用外地名牌的人们又做何感想？

　　有道是"好事不出门，坏事传千里"。作为山西人，我们真应该学一学那三十三个老人，多做维护山西声誉的好事，别做有损山西形象的坏事！

　　　　　　　　　　　　　　　　《太原晚报》1999年7月9日

山西也该实施名牌战略

前段时间，我在解放军艺术学院学习，正遇上首都各新闻单位联袂开展的"加大北京名牌产品宣传力度"的活动。此举，目的不外乎是想提高北京名牌的知名度，增强他们的实力和竞争力，让首都人民信任并使用自己的产品。

读罢此闻，我又想起去年在山东出差，前后近两个月，发现山东人从抽的烟、喝的酒，乃至看的电视、用的冰箱都是自己的产品。

再看咱们山西，真正称得上名牌的产品寥若晨星，在中央电视台做广告的也只有"名扬天下的老白汾酒""至通天下的海棠洗衣机"和长治"奥瑞特"健身器，这些先且不说，因为我们产品实力尚达不到。可最让人担心的是我们自己看不起自己的产品，喝酒要喝别人的酒，抽烟要抽外地的烟，连洗件衣服都有要用"碧浪""活力28"，的确，我们承认山西的产品和别人有一定的差距，但细想一下："连父母都看见自己的孩子都不顺眼，别人能觉得顺眼吗？"我看这个孩子将来一定不会有什么出息！

二战后，韩国之所以在短时间内崛起并成为亚洲四小龙之一，靠的就是他们"身土不二"的精神，即韩国人只有享用自己土地上出产的东西，才适合自己的身体，才会健康。他们自觉使用国货蔚然成风，就政府高级官兵坐进口轿车也要受到盘查，看你有没有贪污、受贿的嫌疑，韩国人承认自己的产品比起美国、日本的尚有一定的差距，但为了支持自己的民族工业，更重要的是弘扬爱国精神，他们宁愿选择自己的产品。

由此可以看出，在我们自己身上还有着崇洋、攀比的心理，说这些，我不是在倡导地方保护主义，提倡用自己的产品、创自己的名牌，并非只是为了保护民族工业，也不是闭关自守，而是在呼唤人们正确地认识自己，唤起人们爱祖国、爱家乡的情结。

由此，我们应该大声疾呼：山西也该实施名牌战略了！

《介休市报》1998年8月12日

给特权亮红灯

给违章车辆公开曝光，这恐怕早就不是什么新鲜事了，人们对此也没有多少的新鲜感。大家大抵都认为被曝光的车无非是些出租车和一般单位的车，可看罢近期《太原日报》的曝光台，却不能不为之一振。与以往不同，带"警"字"晋0"号牌的车辆也被公开曝光。的确，在我们生活中这些挂特殊号牌的车辆，闯个红灯、违个章，人们也早已习以为常，见怪不怪了。

太原交警在整顿交通秩序中，敢于较真碰硬，从自身着手。我看是找到解决问题的根结。

古语讲："其身正，不令则行。"我想我们管交警管治安的警用车辆能带头遵守交通法规，太原的交通秩序就不愁搞不好。

《太原晚报》1999年6月23日

干家务　练体能

从军入伍二十余载，体能训练一天也没敢误下，从新兵连每天一个五公里，到上军校、在基层当连长，进机关、下武装部任职，每天都坚持一小时的体能训练，既是作为军人的必然要求，也是保持健康，更好工作的客观需要。总之，坚持得还算不错。

或许是人过四十，有了新的人生感悟，或许是在外地工作了几年，调回家门口工作，工作相对轻闲些的缘故，下了班之后，双休日里，不再光喜欢在外面跑跑颠颠了。而是渐渐地开始习惯于在家里干干家务，不仅有利于家庭建设，而且也能达到体能训练的功效。

先从打扫卫生开始。手握拖把，从客厅到卧室、厨房，里里外外，拖他两遍，个别犄角旮旯，还必须蹲下或爬下，下手反反复复擦他几遍，才能达到理想效果，这样下来，早就大汗淋漓，不仅练了臂力，而且把肚皮上的脂肪也消耗了不少。

接下来，该擦家具了，低的茶几、电视柜得俯下身子擦，高的衣柜你得踮起脚尖，使劲向上够才能擦到，这样把大臂和脚部都活动了。

快到开饭时间了，这就需要买菜、做饭、洗碗。溜达到菜市场，挑选好各种菜品，来来回回走一段时间，正好可以散步。回到家，洗菜、切菜，特别是切菜、颠勺炒菜，把手的力量正好也训练了。刷锅洗碗必须弯下腰，腰部肌肉也得到了锻炼。

勤劳的人，最健康、最幸福、最长寿，那就从干家务开始吧！

"放心"与"不放心"

在工作和生活中，我们常听到"这件事交给你放心""谁谁办事我不放心"的话语，这"放心"与"不放心"是作为管理者经常思考的问题。

所谓"放心"，就是指作为一名基层带兵人，一名管理者，要对自己的部属给予充分的信任，放开手脚让他们去工作、去落实。

所谓"不放心"，就是要有强烈的忧患意识，经常深入基层、深入一线检查督导，遇有重大活动，具有一定危险的工作必须靠前指挥。

记得一位老首长给我讲过一句话："作为基层带兵人，既要学会在岸上走，更要学会在水里游。""岸上走"指的是要懂指挥、会检查督导，从全局思考问题，"水里游"就是要懂得身先士卒，与官兵一起干。我想这也是说的"放心"与"不放心"这个道理。

也就是说"该放心时必须放心"，"不该放心时必须操心"。

2009年11月10日

珍惜自己的话语权

作为基层带兵人，讲话是必不可少的工作，是很重要的领导方法，但说什么、怎么说又是一个非常值得研究的问题，官兵爱听不爱听，听进去听不进去，实际效果如何，很大程度上取决于你讲话的质量和水平。因此，作为带兵人请你珍惜你的话语权。以下是我的三点感悟。

要说"实话"。就是要实事求是，有一说一，不"忽悠"。讲成绩要客观，讲问题要一针见血，不遮不掩，真正起到批评和警示作用。

要说"新话"。就是要说自己的话，有时代感，用群众的语言把人吸引住。

要说"短话"。就是要言简意赅，抓住要害，突出重点，不开"马拉松"式的会议。

2009年11月10日

向您学习　为您祝福

——写在吴文奎、董文丽夫妇钻石婚纪念之际

吴文奎、董文丽夫妇是我们干休所的一对"80后""帅哥靓女"。吴文奎是解放战争时期入伍的离休干部，今年已经八十六岁，是原第一〇八医院副院长，董文丽是原第一〇八医院的医生，两位老人相濡以沫、携手走过六十个春秋，让人感动，值得敬仰！

向老首长、阿姨学习坚强的党性，一对老夫妻、两位好党员，对党、对国家、对人民、对部队始终有一种最朴实、最真挚的感情，始终以先进老干部的标准要求自己。

向老首长、阿姨学习孜孜不倦的学习精神。八十多岁仍坚持每天读书、写作，他们出版的《休克肾》是相当有价值的学术著作。

向老首长、阿姨学习快乐的人生态度。常怀宽容、仁爱之心，开心、快乐地过好每一天。

您们是我们的骄傲，作为晚辈、作为服务保障老首长的工作人员，祝你们长命百岁！

2016年6月7日

演好"自己"

　　都说"人生如戏"，其实这话不无道理，每个人在现实生活中都扮演着各种角色，每个人都是自己人生大戏的主角，围绕"主角"必然会有很多的"配角"，因此，我们必须把自己的脚本写好，把自己的角色定准，善待自己的配角。这样才能成为一名优秀演员，直到完美谢幕，退出历史舞台。

不错，挺自在的

前几日，去北京出差，打"的"出门，一路上和司机师傅聊天，"的哥"的确很辛苦，每天早出晚归，要跑十几个小时，收入每天也不是很多。我很敬佩地说："师傅不容易啊！"可那位师傅却很阳光很轻松地说："干这个挺好的，辛苦是辛苦，但上班的、打工的又有几个能按时下班的，我觉得这个工作不错，挺自在的。"

由此看来，不管干什么，最重要的是自己内心怎么想！

"淡"是人生的最佳状态

淡，薄味也。大味必淡。这些解释，讲的都是淡的基本含义。我觉得"淡"应当成为人生的经常性状态和最佳状态。下面就是我对"淡"的理解。

要淡然，就是对功名利禄都能淡然置之。做到"得意泰然，失意淡然"。把那些面子上的事看得淡一些。

要清淡，我们生病了，不管你是啥情况，医生都会说饮食要清淡，少食油腻。总结一些长寿者也大多食之清淡。

要淡忘，就是忘掉那些不愉快，不痛快。人生在世，不如意十之八九，因此，该忘掉的就让它随风飘走吧。

淡，有利于健康，让人清醒。

大地方、小地方

由于工作的调整，我从省城到县城工作了。别样的感受，别样的心情。

大地方，人多、车多、楼多，信息量大，经济发展快，让我们思路开阔，同时，工作压力大，节奏快，有时还有让你喘不上气来的感觉。

小地方，人少、车少、楼少，有小地方的幸福，小县城有小县城的快乐。小地方清静，清爽。血压降了，身体棒了。

但又有几个愿意往小地方跑呢？

《特别关注》我特别关注

从2012年到基层任职，我为单位同志订阅《特别关注》已经有几个年头，每个月都期盼着它的早日到来。我想有以下几个原因：

爱读。喜欢是最好的老师，只有特别喜欢，才会"特别关注"。《特别关注》是家人、是亲人、是情人。

好读。《特别关注》汇集的文章，大都不长，正符合当下快节奏、高效率的生活，读起来比较轻松，比较舒服。

耐读。《特别关注》的文章篇篇经典，越读越有味道，让人回味悠长。

妻子说，你不号称是作家吗？什么时候能在《特别关注》上看到你的作品！我想只有努力，就不会遥远……

手不能懒

　　闲暇时，翻出自己的发表文章的剪贴本，发现这十几年来，从发表的文章数量来看，见报最多的年头，不是感觉工作很轻松的年头，而工作忙碌、紧张的年头。现在一想，无事生非、闲得无聊真是有道理。所以，一句话"别闲着，有空就动手吧"！

向英国人学节俭

8月激情似火，2012年伦敦奥运会激战正酣，精彩赛事不断，除去比赛之外，笔者还有一点感受特别强烈。那就是英国人的节俭，甚至是抠门。一是奖牌的制作。单从金牌说，个头挺大，分量挺重，可是含金量却不高。金牌重量虽然超过400克，不过其含金量仅为6克，占总量的1%，其余为93%的白银和6%的铜，整块金牌的价值约为650美元，约合4148人民币。而铜牌不到5美元，约合32元人民币，这一价值意味着它甚至不能在大多数地区买到一个汉堡包。二是鲜花。颁奖仪式上，送给运动员的鲜花也是小小的，算不上艳丽，甚至有点"狗尾巴花"的味道。三是运动场馆的建设。篮球馆是临时性的，里面连卫生间都没有，奥运会结束后拆除，所用建材和其他设备将在英国其他地方重新使用，而新建的永久性建筑使用的环保建材，且通过设计增强自然光的利用。可能能体现节俭的地方还有很多，我们远隔万里，无法身临其境去感受，去体会。但能感觉到的是，无论是观众还是媒体，没有听到抱怨和意见。因为，事先说清楚了，提前已向社会公众和媒体解释，金牌不"金"，看比赛没地方上厕所，这些"小气"甚至有点不"以人为本"的做法，不仅没受批评，反而得到了表扬。

我们常讲："中华民族有勤劳节俭的优良传统"，可在实际中，吃喝讲排场，干活不计成本的现象太多太多了。由此看来，英国人的做法可资借鉴。

文艺随想

WENYI SUIXIANG

战 友

秦连长是山东人，爱吃辣椒，有时连队没有他就自己买来吃。

陈铁等十名新兵来自湖南，自幼吃辣椒长大。刚到部队一顿不见便食欲不振，倍觉煎熬。吃饭时，几双眼睛左顾右盼，发现邻桌连长吃着香喷喷的阿香婆辣酱。秦连长一勺入口，唏嘘之余，抬眼看到陈铁等馋涎之态，便令通信员将"阿香婆"送给他们。陈铁等喜出望外，竟连谢也没说便大口大口吃了起来。秦连长看着他们，略有所思。第二天，他们的饭桌上便多了一个辣椒罐。

两周后的一天早晨，秦连长咳嗽不已，身裹大衣还哆哆嗦嗦，安排好工作便休息去了。

"报告"声落，陈铁等怯生生进屋，从口袋里摸出十个热乎乎的鸡蛋。

"连长，您生病没吃饭，这是早餐时发给我们的鸡蛋，您吃了快补补身子。"

秦连长欠了欠身子感激地说："我已经吃过了，谢谢你们，快拿回去自己吃吧，吃了好去训练！"

"不行，连长，今天说什么您也得吃，我们不也吃过您的辣酱吗？"几个战士竟带了哭音。秦连长接过他们剥好的鸡蛋，手有点颤抖……

室内一时很安静。窗外有歌声传来："战友战友，亲如兄弟……"

《解放军报》1998年6月11日

红色旋律回响在三晋大地

山西省军区业余演出队创排音乐舞蹈史诗《使命颂》纪实

在承载着五千年华夏文明的三晋大地上，在部队战备拉练的砺兵现场，在慰问支援南方抗冰救灾昼夜奋战在采煤一线的工友中……活跃着这样一支业余演出队：它组建于2006年4月，虽是文艺战线的新兵，却已享誉三晋大地——它就是山西省军区司令部直属队业余演出队。近日，这支队伍在自己两岁生日之际，携音乐舞蹈史诗《使命颂》进京向北京军区首长机关和军区直属队官兵汇报演出，再次获得圆满成功。

这台已在山西省军营内外演出了六十八场的红色经典节目，为何让三晋军民如此欢迎和迷恋呢？为此，笔者慕名走进这支队伍，一探《使命颂》的成功奥秘。

34首歌曲34段历史，倾心打造红色文化品牌

弘扬主旋律，高唱正气歌，勇当推动社会主义文化大发展大繁荣的时代先锋，是山西省军区领导机关抓军营文化建设的指导思想，也是这支业余演出队的建队理念。"此传不虚！"一看完音乐舞蹈史诗《使命颂》，笔者就有了这一强烈感受。

节目共分《伟大奠基》《抗战烽火》《民族命运》《共和柱石》和《世纪希望》五个章节，每个章节有五至八首歌曲，加上序曲和尾声，晚会共由

34首歌曲组成。在这些章节中,《秋收起义歌》《双双草鞋送红军》《遵义会议放光辉》《红军不怕远征难》的高亢歌声刚刚落下,《抗日军政大学校歌》《游击队之歌》《大生产》《保卫黄河》的豪迈誓言便回响在耳畔,在民族命运的关键时刻,《战略决战》指明方向,《百万雄师过大江》扭转乾坤,人们发自肺腑地唱出《没有共产党就没有新中国》! 接下来,《中国人民志愿军战歌》《血染的风采》《走向国防现代化》等歌曲,共同诠释《共和柱石》的深刻内涵;《听党指挥歌》《神圣的使命》《为了谁》《你是我们的骄傲》《履行使命重如山》,充分抒发了当代军人履行新使命的坚定信念和壮志豪情……34首歌曲,每一首都回响着那些峥嵘岁月的号角,每一首都承载着一段红色历史。整台节目用歌舞相承的艺术形式,声、光、电结合的表现手段,再现和歌颂了人民军队81年波澜壮阔的光辉历程,弘扬了人民军队听党指挥、服务人民、英勇善战的优良传统,让人们在艺术欣赏中回顾历史,振奋精神,并从中受到教益和启迪。

山西省军区司令部直属工作处处长李国军介绍,排演《使命颂》目的很明确,就是纪念建军八十一周年,深入学习宣传贯彻党的十七大精神,用官兵喜闻乐见的艺术形式为开展"坚定中国特色社会主义信念,有效履行我军历史使命"主题教育活动提供良好载体和生动教材。业余演出队队长邓洪波深情地说,为把这台晚会排细、演精,创造出一台红色品牌剧目,省军区领导机关和直属队官兵上下动员,齐心协力,从上百首革命歌曲中精选出三十余首,加上部分新创作品,再经过夜以继日的反复排练,终于将这台晚会打造成型。

87名官兵87颗星,87份激情在经典旋律中升腾

演出队共有87名官兵,全部来自省军区司令部直属队。这些官兵入队之初,有文艺特长的屈指可数。大家硬是通过千百次地磨,不厌其烦地练,磨出了整齐划一的动作,练出了威武嘹亮的歌声。

在演出队流传着一个"画舞蹈"的故事。舞蹈演员、士官班长周久鹏,入伍前从未接触过舞蹈技能培训,进入演出队后,队里要求他组织一段舞

蹈排练。为完成任务，周久鹏专门自购了一套音像光碟，自己对着录像里的每一个动作照葫芦画瓢画在纸上，有时一个动作就要画半个多小时，遇到高难度动作，他采用字画结合进行记叙。就这样，硬是把一套复杂的舞蹈动作用文字和简笔画记了下来。每天，他带着大家对着那本自编的"舞蹈秘诀"进行训练，竟取得意想不到的效果。

"排练节目苦不苦，看看这些快板队员的手就知道了！"女战士史丽霞和几名队友向笔者伸出了双手。笔者发现，战士们手上疤痕清晰可见。为掌握好打快板的技巧，女战士们只有一遍遍反复练，初期因不懂打快板的动作要领，大部分战士的手背被快板打得又红又肿，打坏的快板平均每人有三四副。

为了让战士们找到感觉，队干部专门找来三十余部革命题材影片反复播放，让大家置身炮火连天的氛围中，加深对史实的了解，打通年轻士兵与过往历史的情感隔阂；找来1998年抗洪、2003年防治"非典"和今年年初我国南方抗击冰雪灾害等音像资料，使大家在军民同心、伟力如钢的事实回顾中增强自豪感和责任感，并通过排练演出活动转化为爱军报国的动力。许多演员谈道，自己参加《使命颂》创作的过程，就是接受传统教育最好的学习过程。

"每当晚会中那些熟悉的旋律响起，一种自豪感、威武感、使命感油然而生，我们便更加热爱这头顶的军徽和身着的军装！"声乐演员、列兵宣海超动情地说。

68场演出68堂课，演出队的足迹踏遍三晋大地

68场演出、8万名观众、往返行程2.8万公里。演出队官兵带着人民军队为人民的崇高使命，承载着军民鱼水一家亲的深情厚谊，北上大同，南下运城，东至阳泉，西到吕梁，深入农村、走进学校、进入工厂、深入革命老区贫困山区，足迹踏遍三晋大地的11个地市33个县区。

2007年11月初，省军区把直属队拉到革命老区吕梁市交城县进行野营驻训，演出队官兵和其他同志一样每天徒步行军35公里，晚上还要坚持一

小时基本功练习。当时，党的十七大刚刚胜利闭幕，为深入宣传十七大精神，演出队到达驻地洪相乡广兴村的当晚，便冒着零摄氏度左右的低温，在村里的戏台上进行演出。不到6000人的村子，观看演出的来了4000多人。村支书宋胜德激动地说："省军区深入老区慰问演出，说明解放军没有忘记我们，军民鱼水一家亲的老传统没有丢，节目太精彩了，我们老百姓就是爱看这样的节目。"

今年1月，我国南方大部分地区发生大面积雨雪冰冻灾害，山西作为我国重要的煤炭生产基地，担负着繁重的电煤生产任务。春节期间，各大煤业集团都没休息，加班加点，开足马力组织生产。演出队官兵以煤矿工人为榜样放弃春节假期，每天组织排练。从正月初六开始，演出队先后深入晋煤集团、阳煤集团、同煤集团、焦煤集团、兰花集团、潞安集团等一线煤矿，连续演出近20场。所到之处，当地群众插彩旗、挂会标、全程录像，当地媒体进行大篇幅的宣传报道，官兵深切感受到人民群众对子弟兵的热情和厚爱，官兵们富有激情的表演，也感染了每一名奋战在一线的职工。

在为晋城煤业集团凤凰山煤矿进行慰问演出时，能够容纳1200人的剧场座无虚席，连过道都站满了人，礼堂门口还有几百人挤不进去，矿上不得不加派警力保证安全。演出开始前，礼堂的秩序因拥挤略显混乱，可开场节目《人民军队忠于党》的铿锵旋律一奏响，全场顿时鸦雀无声，千百双眼睛紧盯着舞台，一曲终了，雷鸣般的掌声顿时响彻礼堂。在接下来近一个半小时的演出中，礼堂内的观众有增无减，观众的情绪也随着舞台氛围时而悲壮，时而激昂。在演员们演唱《保卫黄河》时，观众情不自禁地跟着合唱，台上台下歌声融为一体，情感融为一体，演出达到高潮。当台上演唱《沂蒙情深》《拥军秧歌》等表现军民鱼水情的歌曲时，观众用有节奏的掌声与歌曲相和，于是，演出多了一种"伴奏"。当台上《神圣的使命》的歌声刚刚落下，"向解放军学习，向解放军致敬"的口号在台下彼此起伏。演出结束后，观众用长时间的热烈掌声表达对演员们的敬意。

与时任北京军区政治部宣传部文化处干事李劲，山西省军区政治部宣传处干事唐亚平合作，分别刊发于《解放军报》《战友报》《山西文化》

发财，开始打英雄的主意

——假冒见义勇为现象扫描

或许是人们呼唤正义，呼唤良知，渴望天下太平吧，把见义勇为者称之为"英雄"，我们崇拜英雄，给了他们许多奖励，潮流所向，一时间英雄备出，各地的见义勇为事件如雨后春笋，应运而生。

一位"英雄"的一次壮举后，往往能得到县里、市里、省里以及各企业的奖金数千元，甚至上万元。英雄们的壮举是以生命与青春为代价的，人们敬仰他们，给他们奖励理所当然，然而有些人，却见到英雄得到奖金后，梦想把"当英雄、拿奖金"作为自己的"发财捷径"。于是，七彩社会中演出了一幕幕荒唐的"英雄"发财梦……

看人获得眼馋　自导人间惨剧

1994年3月6日，在山东德州做家庭服务员的王某被同乡李某捅了九刀，当场死亡，谁能想到这场悲剧竟是王某自己一手导演的。

据报载，武汉市的一位小保姆为保护主人财产同歹徒英勇搏斗，被捅四十刀，为此武汉市有关部门奖励她八千元人民币，并吸收她为武汉市民。看到这则报道，王某想出一条可笑的苦肉计。她找来在德州找工作的同乡李某，当即策划出一场小保姆斗歹徒的好戏，并达成协议，事后所得奖金平分，假如李某被判刑，王则等李某出狱后与其结婚，并当场立了字据，按了手印。

3月6日晚，主人带着儿子去了娘家，王某随即找来李某，两人布置了一个所谓的抢劫现场。在王某的鼓励下，李某两眼一闭，冲着王某连捅九刀。悲剧就在瞬间发生了，王某只叫了两声就当场倒地死亡。

"英雄"与"歹徒"竟是堂兄弟

豫东某县，傍晚六时左右，在车站广场的厕所边突然传出了"救命啊救命啊……"的声音，五分钟后，得到群众报案的车站派出所民警，看到一位二十多岁的小伙子抓住了另一位年龄相仿但瘦小枯干的小伙子，旁边站着一位衣服被扯开几道的年轻姑娘。民警询问情况，姑娘讲出了原委：她刚从厕所出来就被那个瘦小伙子抱住，那人又是扯衣服又是抓裤子，她大呼救命。就在这时，壮小伙跑来了，几下子便将欲施暴的"歹徒"抓了起来。民警听后，把"歹徒"铐了起来。将三个人带到派出所，准备进一步调查。当警察让两位小伙子出示身份证时，二人神情立即紧张起来，支支吾吾都说没带，警察看出了破绽，几句训话后，两人老老实实拿出了身份证，仔细一看，二人竟是同乡，且名字仅差一个字，再一追问，二人还是堂兄弟！当警察问他们做这种傻事的目的时，二人竟痛快地说："看到别人抓歹徒挣了好几万奖金，我们也想来个'英雄'救美人，发发'英雄'财。"然而，钱未得到，等待他们的是法律的制裁。

一个农民的致富梦——斗歹徒挣大钱

三十七岁的黄某是晋南某县一个勤劳聪明的庄稼人。他精心侍弄责任田，每年收成都不错，可粮价贱，增产不增收。于是他就做小买卖，卖苦力，可家里依然不富裕。

一日，他从电视里看到省城一个农民同一抢钱的歹徒搏斗挨了几刀，结果得了六千多元奖金，于是精神大振，心想："能得到一笔钱，伤了残了也值得，就是没了命，家里人得到后，也足够美滋滋地用一辈子了。"于是他告别家人，终日在都市的大街小巷、车站广场寻觅"见义勇为"的时机……

假"英雄"如此之多，何故？

原因之一：好逸恶劳，为挣钱。如今挣钱干什么都需要付去代价，得用自己的血汗去挣。一些好吃懒做者，目睹英雄们同歹徒搏斗几下，便可得到几千元、上万元，于是便铤而走险，当起假英雄。

原因之二：不懂法。这些人大都是未受过教育的农民，对法律知识更是知之甚少，他们只认为这样"两厢情愿"不会出什么事。殊不知，国有国法，"玩火者必自焚"。

消灭假英雄

假英雄的出现，无疑给人们心中带来了诸多不快，也影响了英雄在人们心中的神圣地位，消灭假英雄，已势在必行。

途径之一：对英雄们的奖励要适当。新时期还是要以精神奖励为主，物质奖励为辅。英雄斗歹徒付出了许多，奖励理所应当，但也不该这家奖了那家奖。

途径之二：要加强法制教育和革命英雄主义教育，特别是农村的法制教育，教育他们当英雄并不是为了挣钱得奖金，而是为保护国家、人民的生命和财产，让他们树立正确的英雄观，明确什么才是真正的英雄！

时代呼唤千千万万的英雄，愿社会不要出现荒唐的假英雄！

《郑州法制报》1994年10月4日头版头条

《生活晨报》1994年11月22日转载

冬　日

一

骑一辆单车，穿过一个个精心雕刻的大门和随意设置的木栅柴扉，再把一个个村落甩在身后，便可以在旷野饱览冬景了。

没有下雪的时候，挑一个无风而又阳光明媚的日子，孤身来一次长旅。这样，你便拥有了与大自然进行心灵对话的机会，与大自然交流情感的机会。

过冬的花草无一例外地呈现出轻柔的驼色，调子令人感到温暖而闲适。这时，你已听不到夏虫此起彼伏的交响曲，更无须顾虑它们钻进你的内衣爬上你的鼻尖，完全可以放松全身，仰卧在草地上。

静下心来，似乎觉得清醒多了。你的心绪已走过春日的躁动、夏日的炽热、秋日的怀想而日趋平和，你的心灵之灯在寂静的遐想中会闪现熠熠的光芒。

二

在雪后初霁的清晨，到乡野畅游一番吧！

不必在街巷里弄的人群中驻足，也不必刻意在农家的稻草垛上、瓦楞上和光秃的树杈上寻找灵感，你要离车马之声、鸡犬之声远一些，更远一些。

来到一处陌生的地方，面对无垠的雪野放开眼界：白雪覆盖着的土地、河流、树木会使你心底豁然澄澈起来，那簇新素净的格调会使你周身充满冰清玉洁的情愫。当一缕微风吹过，那毛茸茸、亮晶晶的雪条从树上噼里啪啦地飘落，你会像孩子一般雀跃不已。面对这样美丽的风景，你的开阔的胸中已没有一丝芥蒂和闲愁。你突然间感到了生命的可贵和活着的美好。

三

暮色四合，夜帷低垂。在城市的一隅，你遥望浩渺的天宇。没有月光，星星像一颗颗蓝色的宝石，明灭闪现。

你的感官好像都睡了，但你的思想依然前行，它就像一架雷达，捕捉着来自天地间的信息。

远空中隐隐传来了飞机的轰鸣声，那是附近机场的民航客机在返航。而你的思想之树突然长出了一朵又一朵的火花：是呀，即使在深夜也有人正干着艰苦而有意义的工作，而你我这些普普通通的人，虽然有时不堪忍受生活的重负，有时在不经意的挫折中悲叹，但却不会改变为人的准则和丧失生活的勇气。你按自己的理解去开创事业和追逐最初的梦想。你深知不幸的根源全在于欲壑难填，而幸福的生活总沉浸在自强不息和勤奋努力之中。

感谢冬日的景致吧！它给予你的是丰厚的思想积累。你的日益丰满的羽翼渴望注入一种永恒的动力，它给予了。它促使你在以后的岁月中要英勇顽强，一如那傲然挺立在北方原野上的白杨树。

《太原日报》2002 年 3 月 4 日

留不住的芳华　留得下的记忆

12月15日，期待已久的冯小刚新作《芳华》在全国上映，正好在家休假，我第一时间走进山西剧院，一睹为快。

《芳华》讲的是20世纪七八十年代西南某省军区文工团，一群青春年少、正值芳华的年轻官兵在成长的过程中发生的一个个、一段段故事。这与冯小刚导演、严歌苓编剧的经历密切相关，影片中的刘峰、穗子似乎有他俩的影子。电影《芳华》就是他们芳华的记忆，拍《芳华》就是他们的圆梦的行动，真羡慕冯导的魄力与能力，能让芳华"重现"，把芳华"留住"。

何谓"芳华"，冯小刚曾讲过："'芳'是指芬芳、气味，'华'是指缤纷的色彩，非常有青春和美好的气息，很符合记忆中美的印象。"我以为，芳华是人生最美好的时段，每个人都有自己的芳华，每个人都会经历芳华，每个人的芳华终将逝去，每个人的记忆都会留在心中。

作为一个普遍人，虽无冯小刚、严歌苓文工团的经历，但也在青春年少时穿上军装，步入军营，是穿着军装走过了芳华，部队永远是我芳华的记忆。片中讲述的年轻同志因为类似"军装"事件的小事与战友发生争执，甚至打架，这是真实的，但随着岁月的更迭、年龄的增长，那些事早就不是什么事啦！

我们当兵的时候，军以下单位早就没有了文工团，但业余演出队还是有的，作为建制连队的兵，对演出队的兵始终有一种羡慕，男兵都有文艺范，女兵长得都漂亮。记得20世纪90年代初，在临汾一座军营学司机，最高兴的事就是看演出，同样的演出好像看了十几遍，甚至连节目的顺序、台词都背下来了，但依然那么津津有味。

大约十多年前，我已经成为干事、副处长，有幸参与负责了一个省军区直属队业余演出队的组织协调工作。那是真正意义的业余演出队，不管干部战士都在各自工作岗位上工作，男兵排练演出完后回连队继续站岗，女兵回去以后还要继续值班。从打报告要第一笔经费，从各个连队抽组人员，到组织排练，演出第一场由基层官兵自编自演的节目，在时任司令部首长的直接指挥下，我与大家加了那么多的班，熬了多少个不眠之夜，排出了一个个精品节目，许多节目获得北京军区"多彩的军营"奖项，多次参加省级的文艺演出，并在当时的战友歌舞团进行了《使命颂》专场演出。

那时大家最喜欢赴外地演出，主要是能到外面长长见识，哪怕是演出完，撤完台连夜从几百公里外赶回来。印象最深的在临汾演出，正值雨季，回太原方向的高速公路已被冲断了，绕路走国道也过不去，万般无奈之下，我的处长凌晨两点多找当地人武部领导联系高速公路部门专门开通道路，从高速逆行冲过了水毁路段。回到机关大院，正好看到在家的部队出早操，带车干部和司机一夜一眼没敢合。

作为和平时期的军人，我们遗憾没有遇上战争中那血与火、生与死的考验，但作为军人，我们一点不惧怕任何危险与困难。我们更珍惜当下如此美好的新时代，党的十九大吹响了强军兴军的冲锋号，强军目标引领着我们这一代军人的前进方向，习主席在十九报告中指出"推进军人荣誉体系建设""让军人成为全社会尊崇的职业"，《芳华》中刘峰退伍的那种经历再也不会出现。

看完电影《芳华》，我想起了过往我们的芳华！一切都那么美好！

时间都去哪儿了

——唯真情能抵时光

贾樟柯的电影我是一定要看的，因为他是我们山西籍的电影导演，当然更是有一定影响力的国际导演。他也是我们山西青联的副主席，最重要还是因为他的才情才气。作为山西的导演，贾樟柯始终对家乡有着深厚的情感，对山西的发展尽心尽力。汾阳贾家庄的发展进步，我想跟他有着直接的关系！

10月11日，受山西青联的邀请，有幸参加《时间去哪儿了》太原首映会，这部影片由中国导演贾樟柯监制，并且是由金砖五国名导首次合作拍摄的，于10月19日全国公映。贾樟柯专程回到家乡与观众面对面，讲述创作背景和幕后故事。

《时间去哪儿了》以时间为主题，展示了五个国家之间不同的关于时间的故事。巴西、俄罗斯、印度、南非、中国，以这个顺序先后出现。

"时间能揭示一切。"巴西短片《颤抖的大地》讲述面对灾难时人们努力寻找出路的故事。"有希望在，时间就能继续。"

"爱情如水，能载舟，亦能覆舟。"俄罗斯短片《呼吸》，纠葛考验着爱情，"每一口气、每一秒、每一分钟都传达着生命的延续"。

"无人知晓什么时候时间会改变它的态度。"印度短片《孟买迷雾》讲述一对邂逅的"忘年交"的美好友谊。"这忙碌的城市能给你所有的东西，唯独给不了时间。"

"每个开始注定了结局。"南非科幻短片《重生》，探讨人类文明演化的意义。"我们经历的沧海桑田，几百万年转瞬即逝。"

"东隅已逝，桑榆非晚。"中国导演贾樟柯的作品《逢春》。

五个国家，五段故事，用各自的方式，不同的表现形式，把各自国家的国情民情做了一个很好的展示。中国故事由贾樟柯亲自执导，电影一如贾导的风格，还是讲普通人的生活，从大家接触最紧密的生活入手，仿佛我们都在银幕里，讲述了年近四十的夫妻要不要二胎的问题，这也是"70后"人们共同纠结的一个问题，拍摄的地点在山西平遥古城，用山西方言做交流，释放着山西味道，透露出对家乡的热爱！

时间去哪儿了？唯有真情永不变……

扑火行动

开完县委常委会，已经是下午五点四十五分了，安定县人武部高强政委刚回到部里，就接到县林业局侯局长的电话，县城西南方向十八公里的桃林山发生火情，请求县直属民兵常备应急分队增援。高强知道林业局局长打电话救援，这山火肯定不小，因为这两年各级对森林防火都抓得挺紧，每个村都有应急小分队，林业局还有一支灭火分队，肯定是控制不住才求援的。明天就是清明小长假，部长和几个干部回家轮休，高强给副部长吴铁打电话迅速组织应急分队召集人员、检查车辆、携带灭火器材，十五分钟后出发。同时，安排值班员政工科王干事上报军分区值班室，准备遂行这次扑火任务。2008年汶川地震后，总部规范了应急行动的程序，执行属地抢险救灾任务，可以边行动边报告，这一决策为抢险救灾赢得了宝贵时间，军地都高度认可。

高强换上迷彩服从三楼办公室走到办公楼前，吴铁、政工科长、后勤科长和军事科丛参谋几个干部都陆陆续续下来了，五十人的分队差不多已经集合完毕。高强站在队伍前，还是有点感觉的，虽然是带着民兵，但经过一番教育训练，还是有点现役部队的味道。高强从省军区机关到基层人武部当主官两年多，特别是参加地方常委一年多，对人武部长远建设来除去抓基础设施的完善、思想政治工作的创新、军民融合等等，自认为最成功的事就是积极协调县委、县政府组建了常备应急分队，经过一年多的人员选拔、训练、教育，使这支队伍成为"建在身边、抓在手中、用在关键"，能够遂行多样化任务的"拳头"部队，在安定县提起这支队伍，从县领导到普通老百姓都是叫好的。

由四名干部组成的指挥组和五十人组成的扑火分队已经集结完毕，并携带风力灭火器、铁扫把、铁锹等工具。一台尼桑奇骏指挥车、一台勇士通信指挥车、三台县里购置的运兵车、一台五菱小面包组成的车队排列整齐，也是比较壮观的。

从省军区通信站教导员刚刚提拔为副部长兼军事科长的吴铁，当过连长、指导员，立过二等功，带出过一等功连队，是个带兵的好手。面对执行这样的任务，他显得特别的兴奋。在队伍面前，进行了慷慨激昂的战前动员，并对人员进行了分组，共分成三个组，每个组由一名干部和分队的骨干负责，配对讲机一部。

救火的车队打着双闪一路向桃林山开进，干部和分队民兵的热情都很高，司机们恨不得一脚油门就飞到山脚下，高强用对讲机一个劲叫喊："慢点、慢点，控制车速，安全第一。"行军过程中，值班室打来电话，传达了军分区值班首长夏司令员的指示："严密组织，加强现场的指挥，确保人员安全，坚决完成任务。"

不到半小时，车队赶到桃林山山脚下，车不能再走了。高强用对讲机通知各车人员先不要下车，他和吴铁两人下车，能看到不远处冒着浓烟，还有随着风势变化而时隐时现的火苗。县委常委、分管农业的副县长梁杰彬带着县林业局侯局长和东石乡章新梅乡长、乡武装部长赵吉祥几个人正在路边等着，老远就打招呼："政委，你的队伍来了，我就有底了，这火可是不小。"高强跟大家打了个招呼，叫来丛参谋，拿出桃林山地区的地形图，在勇士车的发动机盖上铺开："大家来，山上什么情况，咱们一起研究研究，任务分一分。"结合地图和现地一对照，情况出来了，桃林山海拔在九百米左右，主要生长着草灌群落及部分针阔叶混交林，起火点位于阳云煤矿东侧，起火原因初步判断是高压线打火触地起火，正值春天风干物燥，火借风势、风借火势，马上火就起来了，村民报告后先是乡里的队伍来，但是没控制不住，林业局的队伍上来，打了一个多小时，还是没法控制。而且最要命的是，桃林山向南两个山头，就是平昔县的地盘，进入国有白泉林场。火线长约有五公里，向北有乡级公路隔开，灭火的重点在南线，无论如何不能把火烧到白泉林场。"梁县长，这样吧，我带着武装部的队伍上南线，卡住南线是重点也是难点，应急分队年轻，体力好，又刚上来，林业局的队伍干了两个小时了，让他们守东面，乡里的队伍都是老同志让他们看西线，相对轻松些，北面有这条公路做屏障，烧不过来。根据目前的情况，我计划把编在二电厂的县民兵应急连二排也调上来，加强力量。"高强主动请缨。执行非战争军事行动，完成抢险救灾任务，既是部队的神圣使命，也是展示军人风采、树立人民军队良好形象的有利时机，地方领导和人民群众是很看重的，必须顶上去。"同意高政委的建议，侯局长马上通知周边治东镇、元宝镇两支队伍过来增援，林业局的队伍和乡里的队伍，分别守东西两线，领导干部要到第一线指挥，参与行动的人员一定要注意人员自身安全。"梁副县长说完，大家便开始行动。

　　高强用对讲机通知，人员迅速下车，组织向灭火点徒步行进，执行扑灭山火行动。这绝对是锻炼体能和考验体能的绝好机会。目测也就几百米的距离，可一爬起山来没个一小时走不到。正所谓隔山跑死马。良好的体能是军人的基本素质，没体能做基础，啥也闹不成。所以，高强和部长对体能训练一直抓得很紧，在安定县人武部有个非常好的场景，每天下午四点半以后，部长、政委带头，干部职工、应急分队人员满院子都在运动，跑步、打篮球、踢足球很是热闹，也为执行任务打下了体能基础。

　　由一个当地村民带队，高强带着队伍，沿着山间小道，向火场南线行进。4月份的天，又到了晚上六点多钟，天气还是比较冷的，可爬到接近火线的地方还是出了一身汗。高强、吴铁、丛参谋各带一组，和弟兄们一样，他们或拿着铁锹或拿铁扫帚，使劲打火。可以说既当指挥员，更是战斗员。铁锹主要是切断杂草和荆条的根部，铲起土灭火，打出一条隔离带来，铁扫帚主要是打明火，最好的组合是两种工具配合起来，对打灌木丛的火非常管用。高强带着通信员小刘成了打火队伍里的"老少组合"，高强正好四十岁，小刘作为武装部的通信员在部里干了一年，去年9月参军入伍，差几个月到十八岁。小刘手拿铁扫帚用力拍打，火苗明显被压制住了，高强快速跟上，把荆棘根铲断了，再挖起土埋几锹，这算是一个小的完整动作，周围几米的火打灭了。

山上火势的大小，与风力的大小基本上成正比，风大火大，打火一般都是趁火小的时候猛打，有句"凌晨发起总攻"主要就是讲，凌晨的风力一般都比较小，是扑火的最佳时间。遇到大火特别是来了"旋风"还要防止烧到自己，去年防火期，邻县平寿县一个副乡长就牺牲在火场，很是惨烈。所以每年部里都要进行扑火的训练，先讲理论，再搞防火器材的训练，还要针对各种火场的不同情况讲不同的战术。安定县的山和林，虽比不上省里南部大的林场，更和大兴安岭的原始森林没法比，但近几年国家对林业投入很大，植被覆盖率一年比一年高。每年的火情也是不断，两年前，最大的火三天才扑灭，省里分管副省长都到现场督导，搞得县里很被动。这几年，县、乡、村三级都投入不少，建了队伍，置办了防火服和各种灭火装备，一有情况，队伍都能拉出来，再没发生过超过二十四小时的火。

吴铁带的二组兄弟，更是勇猛，一边打火一边嗷嗷直叫，士气高昂，好几个新入队的队员第一次参加，见火就上，也不管危险不危险，就是往上冲。风向一变，把几个小伙子差点卷进去，幸亏吴铁和几个老队员眼疾手快，连喊带拽地将小伙子们拉到安全地带，就那还是有个两小伙子的头发眉毛都燎了。想想都后怕，如果动作慢点，或者绊倒了，轻则灼伤，重就不好说了。

救火过程中，还发现了个情况，大部分同志都是穿着迷彩鞋上的山，上山比较轻松，可踩在过过火的草地上，迷彩鞋底都被烫软了，个别的还烧透了。"回去抓紧时间购置专业的防火鞋，防火鞋的鞋底有钢板，烧不坏。"高强心里面念叨着。

二电厂武装保卫部长贾二柱带着的队伍也上来了，南线的队伍达到了一百多人，整个火场参与扑火的人员达到近千人。安定县县长李为民从省城开完会，也直接赶到了火场，和县里联络的对讲机里传出了他那标准的普通话："参与救火的全体同志，现在风力正逐步减小，大家一定要再接再厉，争取一鼓作气，把火扑火，早点回家。"李县长是从省直机关公选出来的干部，口才和形象都非常好，三言两语既发出了命令，又进行了政治动员。

东、西、南三个方向的队伍，齐心协力，形成了一道可移动的强大的人墙，不断地向前推进，各种工具都用上，还有的解开裤带，对着小火一阵阵扫射，很是管用，比用土埋效果还好。一个小时后，山上看不到明火了，三个方向的队伍又按照刚才相反的路线走了一遍，重点找余火，特别是过火地与没过火地的结合部，如果没有彻底清理干净，哪怕是一个火星，见风就又死灰复燃。

梁副县长一直在一线，根据情况下达了收队的命令，叮嘱下山一定要小心，并交代东石乡安排当地村里的民兵骨干再看守一下，大部队返回。

凌晨三点，高强带着队伍回到部里，看到自己的办公室兼卧室灯还亮着，先是有点奇怪，突然想起来，现在已经是假期时间了。老婆下班后，开着私家车，带着孩子从一百多公里外的省城来了！是啊，军嫂难当，自己已经连着四个星期没回家了，平日里，家务活、管孩子都是老婆的事。军嫂估计是问了值班干部，知道高强带着队伍救火去了，连一个电话也没敢打，觉也没敢睡，一直等着呢！

还有几个小时，天就亮了……防火高危期说不定还要上山，抓紧时间睡觉。

《燕赵晚报》2015年9月8日

选 改

2016年，"选改"这两个字是在全军部队出现频率很高的词，在军队深化改革的元年，在裁减军队员额三十万的大背景下，大家都知道其中的难度。战士们关注议论得更多，因为关系到他们的切身利益。高强所在的这个干休所也一样，全所编制十二名战士，就有五名涉及选改，面临进退走留。他从外地人武部政委调整到干休所任所长已一年多时间，觉得这是件大事情，应该好好努力一下。

9月份，义务兵选取下士，一个男兵通信员小梁，一个女兵小李在卫生所，两个城市长大的孩子，从在家里还需要爹妈伺候到现在为干休所的老干部、老阿姨送米送面送药，出门扶着推着老干部、老阿姨，一下子长大了。小李是在部队教育成长的典型。她刚到所里时，觉得工作生活条件不行，一时适应不了，被高强当着全所工作人员"骂"得哭了两回。经过一年多的培养锻炼，小李能够与大家愉快相处，努力工作，并且早早地就写了留队申请，愿意在部队工作，为老干部服务，也不怕挨批挨骂了。越不怕挨批挨骂，反而没挨批挨骂，这或许就是人生的哲学吧！

愿意在部队工作当然是好事，也更需要鼓励，高强和政委瑞宏几次在交班会上，对这两个兵进行了表扬。表扬他们工作积极，表扬他们对部队、对老干部有感情，但也早早地讲清形势，留下的是少数的，向后转是多数的。9月1日，选取士官名额的时间到了，整个政治部直属队只有一个指标，有选取意愿的有五个同志，小李同志没有多说什么，主动找到高强说："所长，我的工作您不用做，走留我都高兴！谢谢您这一年多的批评。"所里为小梁、小李专门举行了欢送仪式，小李心情似乎很平静，但大家都看到她眼眶里一直有泪花。

转眼就到了12月，天冷了，到了专为士官打造的选改季、退伍季，所里两个战士面临二晋三，一个战士面临三晋四，这三个小伙子都是所里真正意义上的骨干，上车能开车，下车能干活，是技术加思想的双料骨干，关键是和所里的老干部、老阿姨关系处得就像好朋友，干休所工作好不好很大程度上取决于工休关系处理得如何，他们几个无疑起到了很好的润滑剂作用。

到了12月1日，选改的命令到了，只能留下一个，选取四级军士长的。其他两个二晋三的都得向后转，高强作为单位主官，从个人情感上讲，他是多么想把两个兵留下呀，但面对改革大潮，每个人都显到那么微不足道。送士官的时候，几位八十多岁的老阿姨，主动来包饺子，哭得让人心酸，像是送自己的家人去远行。

高强当年二十八载，除了上军校那两年，不论是任排长、连长，还是在机关工作，年年送老兵，今年感触更深。在简短而热烈的退伍老兵欢送仪式上，他动情地说："如果说难舍，我们比以往更难舍，如果说伤感，我们比以往更伤感，如果说信心，我们比以往更有信心。因为，我的兵都是好兵！"

一股清风沁心田

——观阳泉市合唱音乐会《清廉颂》有感

　　7月25日至27日，由阳泉市纪律检查委员会、阳泉市委组织部、阳泉市委宣传部主办，阳泉市文化广电新闻出版局承办的《清廉颂》合唱音乐会在阳泉宾馆演出。观看之后，旋律在耳畔回荡，激情在胸中燃烧，真是受教育、受感动、受鼓舞。

　　合唱音乐会紧紧围绕"清廉"这一主题，以一曲铿锵有力的《没有共产党就没有新中国》拉开帷幕，第一章"如歌的岁月"，精选了《过雪山草地》《映山红》《太行山上》《三大纪律八项注意》四首最具代表性的红色经典歌曲，体现了人民群众对中国共产党的无限忠诚与热爱。第二章"榜样的力量"，应当说是合唱音乐会的主体与重头，诗朗诵《榜样的力量》，声情并茂，《老百姓在传颂你》《清贫颂》《焦裕禄我们的好书记》《远山的红叶》等歌曲，唱出了共产党人的忠诚和坚贞，反映出纪检干部的执着与信念。第三章"永远的旗帜"，包含着《江山》《祝福山西》《阳光路上》《走向复兴》四首歌曲，充分展示出百万山城人民昂扬向上的精神状态和积极投身转型跨越发展的信心和决心。音乐会在全场起立高唱《歌唱祖国》激越高亢的旋律中落下帷幕。十七首经典歌曲，唱响了共产党好、社会主义好、改革开放好、伟大祖国好、各族人民好、人民军队好的主旋律。

　　合唱音乐会较高的艺术水准，成为支撑起这台节目的重要因素。歌唱者大多为工作在各条战线上的业余爱好者，他们当中有公务员、教师、环卫工人，但无论是音准、音色，还是台风、表情、动作都有专业的味道，可以说是"业余的队伍，专业的水平"。合唱音乐会综合运用声光电手段，使整个演出处于光与影、声与乐的交错之中，特别是 LED 大背景运用动画、录像等多种形式，给人以强烈的视觉冲击。可以说，表现手法多样，每个节目都弘扬一种精神，传达一种信念，展示一种力量，

"鼓之以雷霆，润之以细雨"，《清廉颂》犹如一股清风沁心田，娓娓道来，润物无声。正如一位基层纪检干部观后激动地说："士气在这里受到鼓舞，灵魂在这里得到洗礼，信念在这里得到坚定。"

我看《红海行动》

　　2018年的春节，我度过了一个"战斗"的春节。大年初五我看了《红海行动》，这部热映的电影确实是一部值得认真观看的好电影。

　　影片取材于我们国家前几年真实的撤侨的故事，即我们人民解放军义无反顾，拼尽全力去营救我们侨民的故事。

　　人民解放军已经三十多年没有真正打过仗，但这种行动是对我们军队的一种考验。那是一种在当下情况下，充满着血与火的满是硝烟的战场。故事的讲述，充满着革命的英雄主义和浪漫主义思想，影片来自生活，但高于现实生活，我觉得拍摄水准高于《战狼2》。

　　影片按照大家的普通说法，就是没有一点虚的，都是在一直打打打。它是进入新时代，反映我军战斗水准的影片。

　　影片的大概故事是，索马里海域外，中国商船遭遇劫持，船员全数沦为阶下囚。蛟龙突击队沉着应对，潜入商船进行突袭，成功解救全部人质。返航途中，非洲北部伊维亚共和国发生政变，恐怖组织连同叛军攻入首都，当地华侨面临危险，海军战舰接到上级命令改变航向，前往执行撤侨任务。蛟龙突击队八人，整装待发。时间紧迫，在"撤侨遇袭可反击，相反则必须避免交火，以免引起外交冲突"的大原则下，海军战舰及蛟龙突击队深入伊维亚，在恶劣的环境之下，借助海陆等多种装备，成功转移等候在码头的中国侨民，并在激烈的遭遇战之后营救了被恐怖分子追击的中国领事馆巴士。然而事情尚未完结，就在掩护华侨撤离之际，蛟龙突击队收到中国人质被恐怖分子劫持的消息。众人深感责任重大，义无反顾地再度展开营救行动。前方路途险恶，蛟龙突击队即将遭遇的远不只人质营救那么简单，恐怖分子的惊天阴谋即将浮出水面……其中战斗的情节和故事我不再赘述，当然里面有战士的情谊，也有爱情故事。战争的血腥场面、激烈程度，让我这个穿军装的人都感到震撼！说得再多也不如去看一看。

"适应强军目标要求，着力培养有灵魂、有血性、有品德的新时代革命军人"，经过几年的努力，我们的人民军队面貌一新。我们英雄的战士以一顶十，以一顶百。这既是战斗精神的反映，也是我们伟大的中华民族国力昌盛、装备不断发展的体现。现在无论走到哪里，我们中国人在世界这种大格局上的地位，谁也要掂量掂量。

习主席指出："安享和平是人民之福，保卫和平是人民军队之责。"天下并不太平，和平需要保卫。今天，我们比历史上任何时期都更接近中华民族伟大复兴的目标，比历史上任何时期都更需要建设一支强大的人民军队。我们要深入贯彻党的强军思想，坚定不移走中国特色强军之路，努力实现党在新形势下的强军目标，把我们这支英雄的人民军队建设成为世界一流军队。

看完电影，走出影院，华灯初上，一派和平的景象。这或许就是我们军人存在的价值吧！

读不尽的江湖　读不完的情谊

9月21号，山西籍著名导演贾樟柯执导的电影《江湖儿女》于全国上映。22号上午，我们青莲读书会的同学们一起相约太原市亲贤街王府井六楼横店影城，集体观影，集体学习。

五湖四海皆兄弟，重情重义贾樟柯。这位山西籍的电影导演，永远把山西元素突出出来。《江湖儿女》依然延续着贾樟柯的风格，充满着贾导对家乡的情，对兄弟的情。斌哥、巧巧就是生活在我们身边那个年代当中的老大和老大的女人。太原话、大同话、汾阳话，听着那么的熟悉而亲切。煤矿的生活区、城市的街景，作为"70后"，看了仿佛就是我们生活的时代、生活的地方。

《江湖儿女》讲述的是从2001年到2018年，一段跨越十七年的爱情故事，从大同开始，经过重庆奉节、新疆，最后又回到了大同，终点又回到了起点。随着主人公的行程，我的思绪也不停地跟着一起走，大同去过多次，近十年或许是大同变化最大的时候，已经从十多年以前的"煤都"，变成了美丽的旅游城市。大同是一个非常讲究穿戴的城市，如同我的一位大同老哥讲道，大同的女人哪怕家里面穷得揭不开锅，衣柜里面一定会挂着一件貂皮大衣，那个架子永远是端着的，这就叫范儿吧！奉节，去年休假的时候，与好友卢丽军坐着三峡游轮在那里经停了几个小时，著名的白帝城、瞿塘峡，就是第五版十元人民币的背景都在奉节。新疆还未曾去过，明年争取去新疆看看。

由赵涛饰演的女主角巧巧，就是矿上的姑娘，一个为了爱情宁愿自己粉身碎骨的侠义女子。为了拯救自己的男人，明明知道私藏枪支违法，之前就规劝过，后来出事那天，看到斌哥危险，在明知暴露拿枪就得坐牢，迟疑中，抉择中，在她面临牢狱之灾和斌哥生命的选择时，她选择了后者。但是她仍然是有理智地朝天开枪，而不是失去理智向人群射击……尽可能为事情止损。她的痛苦、悲伤、一往无前，赵涛诠释得非常好，这就是一个有情有义的山西女人！

贾樟柯说《江湖儿女》这部电影，凝聚了这些年自己的坚持以及对生活、对充满人情味江湖的感悟。江湖变幻，借助以往的作品元素，人物角色的重现，好像一切就在昨天。如他所说："江湖代表奇异的旅程、险恶的世界，儿女是其中的人。古老的词组让我感觉到一种命运的延伸。"

电影的结尾，刚刚大病好了一些的斌哥，选择了悄然离开，"走了"两个字，辜负了深情，却成全了尊严。

两个多小时的电影，我一直在思考，如果早些年能像现在这样扫黑除恶的力度这么大，犯了小错就有人管，有如此之大的震慑力度，或许斌哥、巧巧都不至于锒铛入狱。江湖的事情我们读不懂，我觉得人间正道是沧桑，正义善良，这才是最根本的东西，朗朗乾坤，海晏河清，遵纪守法，平平安安，这恐怕才是老百姓们最盼望的生活！

每个人心中或许都有一个属于自己的"江湖"，每个人看完《江湖儿女》都有自己的感慨！走吧，到电影院看《江湖儿女》！　明天就是中秋节了，祝大家合家欢乐，万事如意！

祖国，新春的赞歌

春天的祖国看见你了
你的足音是如此强劲
你的脉动是如此清晰
古老的神州大地上
笑也争春　俏也斗艳

过去的一年
你既不平凡又壮怀激烈
坚强的脊梁历经巨浪的冲刷与洗礼
经受了世界末最为严峻的考验
容纳百川的血管里
方块字垒起的长城
向世界做了有力的注解
与你相和的还有二十年前
世纪伟人的那一支直面挑战的劲歌
只是沧海一粟的时空里
九百六十万平方公里的版图上
雄鸡翩翩而歌
春天的祖国啊
湖光山色明媚如画

万千奇葩争相斗艳　以及

世纪老人的迎宾曲

已为你踩响了辉煌的鼓点

南国岛屿的上空

五星红旗《义勇军进行曲》

笑迎新世纪

听那响彻三江的号子

可是为你而擂的迎春鼓

看举国齐心战天斗地的凯歌

可是为你而摆的迎春宴

春天的祖国啊

世纪老人的又一双擎天手

将会把你的未来描绘得更加灿烂　鲜艳

《解放军报》1998 年 12 月 31 日

难舍，但一定要分离

——写给干休所退伍士官

其实不想走，
其实你想留。
你是单位建设的骨干，
工作需要你，
老干部喜欢你，
老阿姨舍不得你走。

你们服役几年，
样样工作干在前头。
对待老干部和老阿姨，
胜过子女几筹，
服侍饮食起居，
出车说走就走，
个人小家顾不上，
事业创一流。

改革强军正当时，
减人增效快节奏。
我们的战友，

真正读懂改革，
积极参与改革，
自觉服从改革。
愿做千里马与拓荒牛。

向后转，
听到口令精神抖擞，
纵然你对部队，对军装，
有万般热爱与眷恋，
也不能有任何迟疑。
因为这是命令，
这是党的要求！

摘下军衔、领花的瞬间，
你哭了，
眼泪两颊流，
自发来送你的九十岁的老首长，
如同出征送行挥手，
老阿姨，
百般叮嘱眼含热泪，
殷切希望说出口。

其实向后转，
更是新起点。
有这八年军旅生涯的历练，
到哪里，
还怕有何愁！
弘扬前辈好传统，

不负军队大熔炉。

你们都是好兵，
品行素质皆优秀！
改革必成，
强军可期，
与时俱进立潮头，
不懈奋斗，
为军旗争光，
任重道远，
前程锦绣！

眼含热泪送战友

年年送老兵，
今又送老兵。
今年大不同，
中国进入新时代，
军队踏上新征程。
人人都有新面貌！

两位老兵真优秀，
思想技术都过硬。
服务态度更一流，
老首长和老阿姨个个都赞扬！
听说你们要离队，
老首长、老阿姨都赶来。
包饺子，送一程。

难舍啊！我的好兄弟，
眼含热泪，
紧紧拉住你的手。
真是不想让你走！
军队改革是大势，

坚决服从没二话！

再包一次热水饺，
再吃一顿团圆饭。
愿我的战友，
不忘初心，
不忘军营，
不忘军旅情。
退伍不褪色，
卸衔不卸劲，
换装不换心，
离队不离心。
永葆军人本色。
转型转身都华丽，
新时代，
新使命，
新征程，
新作为！
未来一切都顺利，
生活一切都美好！

人物纪录

给高科技穿上军装

——记全国五一劳模表彰大会特邀代表杨树云

"参谋长回来了！"不知哪位眼尖的战士喊了一声，刚刚训练结束，正在休息的战士们一下子从吉普车上走下来把参谋长杨树云"包围"了起来。

这是5月7日驻并某集团军通信团参谋长杨树云，作为驻晋部队唯一军队代表和李国安、徐洪刚等英雄一起参加全国五一劳模表彰大会返回部队时的镜头。

是的，参谋长开会走了十天，战士们想了十天，盼了十天。在通信团，提起参谋长杨树云，官兵有说不完的话题。

多年来，脾气倔强的杨参谋长有一种干工作如拼命的精神，特别是他1993年任营长、1998年任参谋长以来，无时不为自己加"压"，使自己的身体时刻能旋转在高速之下。

为了牢记江主席和中央军委"打赢高技术条件下局部战争"的要求，尽快学懂学通高科技知识，熟练掌握全团的通信装备，当好团队科技练兵的"排头兵"，杨树云向团党委申请，迅速成立了以他为首的科技攻关小组，并对各种高新装备的操作规程、技术指标、战术性能展开了攻关研究。

说起来容易做起来难。由于缺乏专业知识，杨树云同志就数十次来到山西大学、太原理工大学和张家口通信学院，向专家虚心请教。经费不足就多方筹集。高科技书籍中，无论是装备的技术说明，还是操作系统的标识大多数是英文，为攻破这一难关，杨树云同志迎难而上，从A、B、C学起，并经常把《英汉小词典》从早到晚揣在口袋里，抓紧点滴时间进行学习阅读。为了使新装备尽快形成战斗力，杨树云同志带领攻关小组成员在夏天高达四十摄氏度，冬天达到零下十摄氏度左右的车厢里一待就是十几个小时。日复一日，年复一年。连续四年来，杨树云没有休息过一个星期天，没有休过一次假，而且几乎每天都是提前一小时起床，推迟两小时休息。

在通信团，大家都知道参谋长杨树云爱兵，他把战士们当自己的亲兄弟带。当连长时，他就是优秀带兵干部。杨树云爱兵，更爱那些爱学习、肯钻研的兵。

在关心和培养人才上，杨参谋长始终注重人才的知识面和其良好的适应能力，以及勇于创新的开拓精神。为此，团里不惜血本投资五十万元建成了多功能网络中心和高科技学习室，开通了局域网。在他的带领下团里干部的综合素质有了明显提高。目前，98%的干部能熟练掌握使用建制内的装备器材。今年4月全团机关干部参加了山西省计算机等级考试，有75%的同志获得了国家一级计算机等级证书。

1999年底，他代表北京军区参加了全军通信兵科技练兵大比武，获得了全军野战通信部队团指挥员业务第一名，被总部表彰为"全军科技练兵先进个人"，被北京军区评为"科技练兵带头人"。同时，他所在的团还在参加军区的训练考核中取得了全优成绩，被评为军事训练一级单位。今年1月，杨树云同志在北京军区召开的深化科技练兵表彰大会上，代表集团军先进典型发言。为此，军区为他荣记个人一等功。

《太原日报》2000年6月2日

《生活晨报》2000年5月17日

《基层政治工作》2001年第2期

抢占制高点
——驻晋某部张凤华小记

盛夏，笔者在东山脚下的某部训练场见到张凤华时，他正在给总参谋部的首长们介绍他和战友共同研制的"自适应调整天线"。

张凤华是驻晋某部通信修理所的所长、高级工程师。早在几年前，海湾战争和科索沃战争中微电子、精确制导、电磁干扰等技术的运用，使全世界军人对通信联络的重要性都有了深切的认识。然而，我国目前的通信技术还比较落后，尤其在抗干扰方面更是无法和西方军事强国抗衡。张凤华说："我们剑不如人，当求剑法高于人。"他和另外两名同志决心要和外军一比高低。为早日研制出克敌制胜的武器，他们宵衣旰食，一次一次地论证，一次一次地实验，通过一年半的反复探索，终于研究出"自适应调零线"和抗干扰训练法，从而保证了在敌强大干扰下确保己方通信通畅的最佳效果，改变了我军多年来都是"躲"和"藏"的消极抗干扰方法，实现了真正意义上的"动中通"。通过检测表明，就连美军最先进的干扰武器都拿"自适应调零线"没办法。

张凤华不仅自己刻苦攻关，还把自己多年来摸索出的经验手把手教给大家。1998年，部队新进了一批现代化装备，连当时最先进的卫星通信车也开进了营区。但是，战士们高兴之余却犯愁了：卫星车上配置的都是笔记本电脑等数字化高科技仪器，大家都不知该怎么用。张凤华看在眼里，急在心中。经过精心准备，"数字化知识系列讲座"开课了。在他的指导下，连队成立"科学攻关小组"，解决了许多训练中的难题，他编写的《卫星车操作教程》被北京军区选为推广教材。

《太原日报》 2000年8月1日

在本职岗位上勤奋工作 创新有为
——集团军司令部直工处长李卫东"勤奋勤俭、正风正气"事迹

某集团军司令部直工处长李卫东，在正团职工作岗位上六年多来，始终牢记党的宗旨，自觉按照"三个代表"的要求，认真履职尽责；始终保持昂扬的精神状态和创新的发展理念，聚精会神搞建设；始终树起严于律己、清正廉洁的良好形象，公道正派处事，先后多次被评为优秀共产党员和优秀党务工作者，多次荣立三等功，赢得了部队官兵的信赖和赞誉。

"要想干好工作必须要有创新有为的精神状态"

2001年4月，李卫东从通信团政委的岗位上调到集团军司令部任直工处长。当时，军直警调连刚刚发生了"3·9"枪支被抢案件，许多人都劝他，"你当政委都四年了，在通信团各方面都不错，目前直属队问题比较多，还是不去为好"。但李卫东没有丝毫的犹豫，愉快地走上了新的工作岗位。

上任之初，他没有什么豪言壮语，也没有搞什么"三把火"，而是打起背包，带着处里两名同志住进了警调连、电子对抗营等单位，同基层官兵一道查找分析直属队在基层建设中存在的问题，研究制定改进的措施和方法。半个月时间，他和基层官兵同吃、同住、同娱乐，真心诚意地与基层官兵拉家常、交朋友。官兵们都感到李处长可亲可敬，连队存在什么问题，自己有什么情绪也都愿意和他交流。正是靠着这种深入一线抓落实的求实作风，李卫东摸清了营、连的现状，并总结梳理出了"基层党支部建设软

弱、经常性管理不严格、干部责任心不强"等五个方面的问题。问题的症结找准了，工作的思路也理清了，李卫东在直属队全体干部大会上语重心长地说："直属队建设要想有所发展和进步，干部是关键，我们各级干部必须保持良好的精神状态和大胆创新的工作姿态。"他是这样要求自己的干部，同时，自己也是这样做的。熟悉李卫东的人都知道，他身上永远有股用不完的劲。从走上团政委的工作岗位以来，他一直保持了"每天到连队转一圈、每周在连队吃一顿碰饭、每月在连队住一天、每年大年三十晚上替战士站一班岗"的习惯。双休日、节假日他几乎都是在连队度过的。近几年，直属队各个营都要到野外进行驻训，他不管工作多忙都要抽时间到野营驻训点检查几次、住上几天，对营、连存在的困难和问题进行现场办公。官兵们在他身上看到了一名共产党人、领导干部的崇高形象。

直工处是一个综合性比较强、任务比较重的地方，既要抓直属队的全面建设，又要负责司令部机关的政治工作，处里人员少，许多材料都是李卫东亲自完成的，甚至好多时候还加班加点地写材料。今年3月初，集团军党委机关进行"坚持与时俱进、不断开拓创新"的专题教育，部首长要在集团军常委会上代表司令部进行发言，李卫东扁桃体发炎三度肿大，疼得话都说不出来，为了准备这份材料，他一边挂着输液瓶，一边和处里的同志研究材料，连续工作三天，高标准完成了任务。

李卫东除在工作上始终保持忘我的精神状态外，还保持着一种"敢为人先"的气魄。他针对直属队家门口干部、士官多，干部在职在位坚持不好的情况，制定了《直属队干部、士官管理规定》，对休假、轮休及日常请销假等都做了具体明确的规定。他还结合各个阶段的工作特点，创造性地开展了多项经常性的评比竞赛，每两月由直工处牵头，抽调营连有关人员组织基层建设综合评比，还指导营连结合工作抓好军事训练成绩评比、政治教育授课评比、文明骨干带兵评比、一日生活制度评比、日常养成标准评比、好人好事评比和谈心互助评比等十项经常性评比活动，通过评比竞赛促进工作落实，极大地提高了直属队全面建设的质量和标准。两年来，先后有三个营荣立集体三等功，一个连队被集团军树为"基层建设标兵连"，并荣立集体二等功。

"要想抓好部队全面建设必须抓好部队的风气建设"

作为一名多年从事政治工作的老政工，李卫东非常注重探讨各种条件下政治工作的特点和规律。在抓直属队全面建设的过程中，他针对各个营、连专业性强、驻防相对分散，各个单位各自为战，整体意识不强的情况，通过端正基层风气、不断优化内部环境，增强了直属队的凝聚力和战斗力。

他注重克服用人上的不正之风，努力创造公平竞争的工作环境。李卫东深知在内部搞小团体，远近亲疏，用人处事不公，最容易挫伤官兵的积极性，也是端正基层风气必须解决好的重要问题。近几年，李卫东作为直属队党委副书记，在直属队党委的领导下，自觉坚持立党为公的原则，从凝聚军心和党群关系的角度出发，公道正派地用人处事。特别是在选拔使用干部上，严格执行"四化"方针，向直属队全体官兵明确宣布干部使用要做到"两重""三不"，即重工作实绩，重群众公论；不凭资历取人，不凭感情选人，不凭关系用人。每个干部提职使用，都坚持营连建议、机关考察考核、反复征求群众意见、党委集体研究讨论的程序进行，确保把有政绩、有能力、有发展的干部用起来。去年，一位老首长打来电话，要求给自己当过公务员的一名副连长调职任该连连长。李卫东认真听取营连意见和官兵的反映，认为这名副连长虽然各方面都不错，但专业素质和管理能力相对弱一些，反复权衡不是连长的最佳人选，最后，从另外一个连调整一名副连长任该连连长。几年来，直属队先后有六十八名干部提职使用，全部是工作出色、业务过硬、群众佩服的优秀干部。在选取士官、战士考学、入党等涉及官兵切身利益的敏感问题上，李卫东也注重要求各级坚持原则，做到公开、公平、公正。许多官兵说，在我们直属队想进步，只有实干一条路，用不着在请客送礼、拉关系走后门上用心思。

李卫东在工作中还注重发挥典型的示范引导作用，坚持以先进促后进，以个体带整体，让大家照着学，比着干。近年来，先后树立了执勤期间勇擒歹徒的警调连战士马永辉、勇救落井妇女的对抗营战士张忠杰、真情为兵服务的好医生郭志英、基层全面建设过硬的警调连等一大批先进个人和典型集体，通过召开事迹报告会、下发通报等方法进行大张旗鼓的宣扬，营造了学先进、赶先进、争先进的浓厚氛围。在先进典型的影响带动下，直属队广大官兵热爱基层、建设基层的积极性越来越高，安心基层建功立业的热情越来越足。

李卫东还积极通过开展各种争先创优活动，推动部队建设发展进步。针对过去直属队一些官兵存在的认为自己专业性强，与兄弟部队可比性小，满足于完成任务不受批评，不出问题就行了的消极应付思想，两年来，他利用春节、五一、国庆等放长假的时机，广泛组织群众性的广场文化活动、文娱节目、歌咏比赛等丰富多彩的文体活动，扩大了直属队的影响，活跃了官兵文化生活，激励了官兵勇于在各种情况下"争第一、创一流"的劲头。

"要想带好部队必须要树立良好的自身形象"

作为一名任职六年多的团职领导干部，李卫东坚持在思想上自谨，生活上自律，作风上自检，在各方面不搞特殊、不提条件，凡是要求部队做到的，自己带头做到；凡是要求下面不做的，自己带头禁绝。李卫东常对直属队的营连主官讲："我们手中或多或少都有一定的权力，背后都或多或少管着一些人，如果我们没有一身正气，在部属面前就挺不起腰来，讲起话来就难以服众，所以说，我们想带好部队必须要树立良好的自身形象。"这些年，李卫东不管是在团里当政委还是任直工处长，都始终严格遵守领导干部廉洁自律的各项规定，做到不乱花一分钱、不占一点小便宜、不办一件出格的事。直工处编制几个营、十几个连队、一百多号干部，想找李卫东拉老乡、套近乎的人不少，但他从不吃请，到连队检查工作也都是在饭堂就餐，不加菜、不沾酒。李卫东不仅严格要求自己，对家人管得也非常严，他的家属在武警山西总队医院工作，他不许家属参政，不准家里人收礼、搞特殊。今年春节前夕，他到东凌井基地看望官兵，基地领导准备了一些鸡蛋、羊肉等物品放入汽车的后备厢，离开后司机才告诉他，他硬是折返回去放下东西再走。

李卫东还十分注重培养自己健康向上的生活情趣。工作之余，经常与基层官兵一起娱乐，从不涉足不健康娱乐场所，自觉追求先进思想文化；交朋处友，牢记"远小人、近君子"的古训，自觉做到动机不纯的人不交、品行不端的人不交、口碑不好的人不交，在官兵中树立了好形象。

李卫东时刻把基层官兵的冷暖放在心头，几年来，他先后想方设法筹集资金近二十万元，用于连队营房的修缮，为每个连队配备了电脑，办的其他的实事好事有多少，连他自己也记不清。官兵家属来队，他去看望；官兵生病他主动去医院慰问；干部年龄大了，他热心牵线搭桥当红娘。李卫东就是这样，通过自己的工作，通过自己的良好形象，把党组织的关怀送到官兵身上，让官兵感受到组织的温暖。

送走奶奶

这是我多么不想写下的一段文字，奶奶走了！走得那么匆忙，却又那么平静！国庆节回老家，您还在打麻将，说好过年还要赢我们了！

奶奶大名朱海林，出生于1925年十月十五（农历），2017年10月14日（阳历）走完了她老人家九十二年的人生历程，按照老家的说法是九十三岁。

奶奶走的那天是个周六，我正在榆次与老战友相聚，老爸打来电话说："你奶奶情况不太好！"饭没吃完我十万火急地往老家赶，下午四点多，奶奶平静地走了，好像平时睡着了一样。老爸老妈上午从太原回到老家给奶奶洗了头发还剪了剪，奶奶一如她的幽默："这么大岁数了，剪剪就行了，还那么讲究干吗？"边剪头发还边和爸妈聊天，早上还好好的，下午就走了。奶奶一天都没拖累人，一辈子精精干干，利利索索。

奶奶是个聪明人。奶奶没上过什么学，但脑子好，特别爱学习，最爱看的节目是《新闻联播》，中央政治局常委都能叫上名字，对习主席举双手拥护，只要有习主席的新闻就必须看。常跟我们讲的是，你们都有自己的工作，要好好干，不要为她多操心。2017年国庆节老人家还战斗在麻将桌上，而且战果辉煌，几乎每次都能赢。

奶奶是个利索人。年轻的时候就是个精干人，家里多会儿都收拾得井井有条。听老爸讲，在过去那个物质生活贫乏的年代，在奶奶的精打细算、严格管理下，家里日子过得挺好，没有挨过什么饿。而且她把四个子女抚养长大，在各行各业发展得都挺好。九十岁以后，她依然保持着那份精干，衣服整理得整洁干净，每天喝一桶杏仁露露，吃完饭把的自己跟前收拾得干干净净。

奶奶是个快乐人。老太太喜欢热闹，看到儿孙满堂，大家在一起就高兴。逢年过节全家人在一起聚会是奶奶最快乐的时候，在饭桌上奶奶还要端着酒杯一个个都要敬一圈酒。高兴时还会来几句顺口溜："王乔是个小村庄，武殿洲家住中间，孙子外孙在银行，全村独一家。"这是老人家的原创。姑姑手机里还存着奶奶唱歌的录音，不忙时听听，是那么的亲切。

送走了奶奶，经过一阵刻骨的伤心！然而，我知道奶奶在天堂依然精干、利索、聪明、快乐，她在天堂依然爱着她的儿孙们！这样想来，我的心里似乎多了份平静……

贴心服务的女军医郭志英

在驻并某部军营中，活跃着一位女军医——卫生所长郭志英。在近三十年的军旅生活中，她先后三次荣立三等功，多次被上级评为优秀共产党员。

对工作，她有一颗强烈的责任心

卫生所人员少，保障任务相对较重，工作中需要组织、协调时，她是所长；战士有了思想问题，需要教育疏导时，她是政治指导员；节假日或平时人手不够时，她又是值班军医；夏秋季肠道传染病高发时，她组织炊管人员培训，督促各伙食单位落实卫生制度，又成了防疫军医。面对个人利益和集体利益的两难选择，她始终以工作为重，不计得失。

郭志英的爱人在某高校任教，教学和科研任务都很重，周末也多在实验室加班。所以，近年来上初中的女儿大部分时间都是自己一个人在家，有时女儿烦闷了会打电话给她，每次问的都是同样的话："妈妈，你什么时候回家？"郭志英答应孩子一有空就回去，现在，孩子已经离家住校了，郭志英却始终没能满足孩子的小小愿望。

对战士，她有一颗滚烫的慈母心

作为母亲，郭志英没能给孩子太多的照顾，但却把这份关爱给了战士们。去年，侦察营战士李强由于面临考学等压力，患上了神经衰弱失眠症，白天精神不振，夜里睡不着觉，影响了工作学习。郭志英一方面积极采取药物进行治疗，一方面利用课余时间和他谈心，让他能够正确对待压力，以一颗平常心面对考试。经过耐心细致的疏导，李强积极调整心态，从容面对考试，以优异的成绩考入了石家庄陆军学院。对战士的关爱，换来了战士对她的理解，今年5月母亲节那天，一名战士找到郭志英，感谢郭志英在他生病的时候像母亲一样关心照顾他，问候她母亲节快乐，说完郑重地敬了一个军礼。那一刻，郭志英觉得一切付出都值得。

对学习，她有一颗孜孜不倦的上进心

在二十八年的军旅生活中，郭志英始终把加强学习作为自己的第一要务，除去抓好本职医疗专业知识学习外，她积极利用业余时间，广泛学习电脑、文学、书法等多方面多领域的知识，她通过成人教育先后完成了汉语言文学、计算机基础及应用等大学课程的学习，几年来，先后有十余件新闻文学作品见诸报端，真正成了远近闻名的"才女"。

在学习中，郭志英总结出了联想记忆法、形象记忆法等七种方法，并把这些方法教给了战士们。她利用空闲时间，先后在连队开办了电脑培训班、文化补习班、法律知识班等学习辅导班，根据战士们不同的文化基础，制定了切实可行的计划，拓展了战士们的知识面。五年来，郭志英先后培训一百八十多人次，三十多名战士通过了国家一级考试，六人取得了军地成人自考大专文凭，五名退伍战士靠自己的能力找到了工作。

《山西日报》2003年9月10日

引路人

　　说来可怜，自己生来连个姐姐都没有，甚至在远房亲戚里都找不到一个。于是从小希望有个姐姐，好得到姐姐的关心，可这种渴望一直困扰着我，直到我考上军校，喜欢上"舞文弄墨"，才圆了我那魂牵梦绕的"姐姐梦"。

　　认识大姐是一个雨后的下午，刚刚喜欢上新闻写作的我，到郑州某报社去送稿子，一位身材不高的年轻女编辑接待了我，她热情地招呼我坐下，拿过稿子认真地阅读修改了一番，对我说："写得还行，给你下期发，不过有几个地方没说清楚，我给你改了改，你看！"之后她告诉我，她也是军人的后代，而且她的爱人也是军人，对军人有着特殊的感情，并关心地问我多大了，家是哪里的。当得知我刚刚十八岁时，随便说了一声真是个小弟弟，早已渴望有个姐姐的我，便顺嘴喊了声"大姐"。

　　此后的日子，由于紧张的军校生活，我们姐弟很难见面，以至于我们生活在同一城市还要靠书信来传递信息和感情，我不断地向她寄着稿子，几乎每篇稿子都能见诸报端，当然有些文章，已经改得让我认不出来，有段时间，我写的文章不适合报纸登，大姐为了鼓励我，几次把她的文章送给我（也就是署上我的名字）。军校生活紧张枯燥，她时常打电话问我吃得好不好、学习累不累，两年的军校生活很快就过去了。离开郑州前，大姐专门为我送行，还送给我一套新闻工具书，并嘱咐："姐姐算是把你领进门了，今后就要靠你自己啦！一定要勤奋，多写多看才会出成绩。"

《生活晨报》1997 年 9 月 10 日

太行雄关铸剑人

——记北京军区"人武之星":平定县人武部部长朱继明

绵延起伏的太行山中段,一座高大巍峨的雄关傲然屹立在群山之巅,陡立的城墙、匀称的垛口、高大的烽火台,组成了一道拱卫三晋大地的坚固防线。这就是驰名中外的天下第九关——娘子关。初秋的晨风,已有些许寒意,一位上校军官站立在娘子关城楼之上,极目远眺,悄然沉思。他就是山西省平定县人武部部长朱继明。2012年八一建军节,刚刚被北京军区表彰为"人武之星"。

一登雄关——太行精神的传承者

平定,地处太行革命老区,有着悠久的爱国拥军革命传统。1926年成立了中共晋东地区第一个党支部;1931年,诞生了北方第一支正规红军——红二十四军;1937年,刘伯承师长率八路军在七亘村重叠设伏,痛歼日寇,经典战例传颂至今;1940年,这里成为百团大战主战场之一,八路军破袭正太路、收复娘子关、血战狮脑山,振奋了全国抗日热情……无数平定儿女流血牺牲,铸造了以"勇敢顽强、不畏艰难、百折不挠、艰苦奋斗、勇于牺牲、乐于奉献"为核心的太行革命精神。2010年初,朱继明同志由驻石家庄某旅交流到这里,担任了平定县人武部部长。到任不久,他就被平定儿女世代传承的太行革命精神所深深震撼和感染。新的时代,如何更好地传承太行精神,使之成为平定国防建设创新发展之魂,成为他反复思考的问题。

传承的前提是保护。他和班子成员一起，结合县域军事地形勘查，组织民兵预备役人员对全县红色资源状况进行深入调查研究，特别是结合纪念百团大战胜利七十周年，对百团大战狮脑山战斗遗址进行了保护性勘查。他们采取图上作业、现场勘察、作战模拟相结合的方式，沿着八路军进攻、战斗、胜利撤退的行进路线，从平定到阳泉，从冠山到狮脑山，从狮脑山主峰到971高地，从西峪掌北麓到简子沟西侧，从896高地到南山村，勘察范围近二十五平方公里，走访当地群众近百人，凭着对阳泉地区革命历史的深入了解和长期作训工作养成的战术素养，终于在沙石遍布、荆棘丛生的荒野中，发现了由堑壕、交通壕、掩蔽部、防空洞、单兵掩体构成的八路军四个营级骨干防御阵地，初步复原了百团大战狮脑山战斗的战场遗址全貌。根据调查勘测结论，他们向市委市政府提交了《关于对太行红色文化资源进行保护性开发的方案》，受到了高度重视。他积极利用市人大代表、县委常委等身份，多次向市县两级提出建设百团大战遗址公园的报告建议，终于在市委领导关注下，2011年，百团大战遗址公园建设项目被列为阳泉市十二五规划重点建设工程。相信几年之后，这里必将成为山西及至华北地区新的红色旅游胜地和"太行精神"教育基地。面对群众赞誉，朱部长谦虚地说："我只是想把这份宝贵的精神财富留给后人。"

"传承太行精神，推动科学发展，献身国防大业，再创平定辉煌"，这是朱继明部长和人武部官兵在娘子关城头发出的铮铮誓言。他们把学习、践行太行精神作为官兵价值观、人生观教育的重要内容，每年"七一"组织机关干部职工和基层专武干部前往娘子关、狮脑山百团大战纪念碑、赵亨德烈士陵园过政治生日，八一建军节组织县四套班子领导军事日活动，持续开展以"爱我太行、固我长城"为主题的全民国防教育系列活动，浓厚了全社会关心支持国防建设的氛围。结合重大节日和重要时节，邀请老八路为广大民兵预备役人员大讲革命传统故事，请军事院校专家教授为各级干部分析当前国际国内安全形势，通过报纸、电视、网络等多种媒体深入宣传太行精神，广泛报道武装工作先进典型，激发了官兵传承太行精神、再创平定辉煌的热情。

二登雄关——现代长城的守关人

平定县地理位置险要，它控扼晋冀咽喉，连接两大省会，自古以来就是东出京津、西入晋陕、南下中原的兵家必争之地。境内交通发达、资源丰富、社情民情复杂，保交护路、应急维稳、国防动员等任务繁重而艰巨。作为全县最高军事指挥机关的一号首长，朱部长感到使命神圣、责任重大。他二登娘子关，看着巍峨的太行雄关，富饶的三晋大地，暗下决心，一定要把平定民兵打造成关键时刻拉得出、用得上的国防利剑，做一名合格的现代长城守关人。

"及时准确的情报来源是科学决策的基础，必须抓实。"几次应急维稳的用兵实践，让朱部长感到，如果不能第一时间掌握灾情现场情况，势必极大地影响指挥决策质量和用兵效率。他和武政委带领党委班子成员，分头深入各乡镇、行政村，对全县要害目标详细摸查，确定了重点防空、原始次生林、水库堤坝、重要桥梁隧道、地质灾害易发点等五大类几十个重要目标，并逐一建立包括名称、类别、位置、易发灾害情况、信息报知责任人、处置预案等内容的要害目标基础信息数据库。协调公安机关深入调查了解要害目标所处地域的社情民情，选拔确定政治坚定、素质优良的民兵骨干担任报知员。按照村编信息员、乡建信息站、县设信息处理中心的思路，构建起了一张覆盖全县所有重点要害目标的民兵报知网，为第一时间快速形成决心、下达号令、合理调动兵力，提供了有力的情报支撑。

"精干常备的应急分队是高效行动的关键，必须建强。"过去，平定民兵应急分队主要依托重点乡镇和骨干企业编组，因青年外出打工多、企业生产经营任务重，有时存在拉不出、用不上的现象。朱部长决心结合平定实际，真正搞一支建在身边、抓在手中、用在关键的拳头力量。他和党委一班人认真学习借鉴兄弟单位经验，研究分析平定双应任务特点和县域经济社会发展状况，决定把储备优质兵员解决"征兵冷"、建设常备分队解决"第一时间到位慢"、融入职业教育解决"就业难"统一起来，走出一条以职业中学为依托，以应征适龄青年为主体，以优秀退伍士兵为骨干的常备应急分队建设路子。为加强领导，协调县委政府，成立了由常务副县长、分管副县长、人武部军政主官组成的领导组。出台了《平定县常备民兵应急分队建设方案》，明确了应急分队承担的保交护路、护林防火、应急维稳、灾难救援和机动支援五项任务。按照乡镇武装部、基层学校共同推荐，基层派出所政审、县人武部、县医院联合体检的程序，招收五十名年满十七至二十周岁，有强烈当兵意愿，符合新兵征集条件的农村户口男青年入队，同时招收曾在部队担任班长、军政素质优良的未婚退伍士兵担任骨干；队员入队即入校，在接受军事基础训练、双应技能训练的同时，免费参加职业中专教育，享受国家教育补助，完成相关学习内容后，颁发职业中专文凭；人武部为队员参军开辟绿色通道，优先体检政审，优先批准入伍，退伍后还可继续入校完成学业，为全省欠发达县域建立常备民兵应急分队开创了新路子。分队成立以来，先后多次参加省市组织的军事训练、演习、节日维稳、山火扑救等任务，产生了良好的国防效益、安全效益、社会效益和经济效益。

"军地联动的指挥体系是打得赢的核心，必须搞好。"针对军地应急指挥自成体系、各自建设、沟通少、协调差、效率低的现状，围绕"平战结合、军地兼容、稳定高效"的目标，构建了党政军应急指挥部领导下的"一部、两组、三中心"指挥协调机制。"一部"即军地联合应急指挥部，"两组"，即专项联合应急指挥组和驻军行动协调指挥组，"三中心"即信息处理中心、指挥决策中心、综合保障中心。该体系的建立，减少了过去指挥层次多、决策时间长、责任不明确等问题。县委书记、县长分别任第一指挥长、指挥长，人武部部长、政委、常务副县长任副指挥长，大项决策由联合指挥部统一决定，而后分条块、按系统实施委托式指挥。建立了军地联席会议、情报会商、请示报告、方案计划、联训联演、检查督导、综合保障等机制，保证了军地应急行动的一体化、常态化。依托人武部作战指挥中心，有效整合县应急办、县公安武警等情报资源，建起了县"双应"指挥平台，开发拓展信息处理和辅助决策多项功能，实现了指挥决策的快速高效。

三登雄关——打赢未来战争的探路先锋

面对未来信息化条件下局部战争的严峻挑战，平定国防后备力量信息化建设怎么搞？带着问题，朱部长又一次站在娘子关城头，回望冷兵器时代的刀光剑影、机械化战争的炮火硝烟、信息化条件下的局部战争惨烈的战争画面，深刻反思信息化建设存在的知识准备不足、信息人才缺乏、信息装备少且质量差、安全隐患多等问题，认真思索着打赢未来信息化战争的制胜之道。

全力抓好"一个平台三个系统"为基础的信息化指挥体系建设。"一个平台"就是信息化指挥平台，以平定县国防动员指挥中心建设项目为基本依托，紧紧围绕应对未来信息化战争的需要，同步抓好地面、地下、机动三维一体的信息化指挥平台建设，形成纵横一体、互为备份，抗毁抗扰，安全可靠的指挥架构。"三大系统"：一是军地一体的双应指挥系统。以现有的县双应指挥系统为基本依托，加强信息网络建设，提升情报处理能力，简化指挥决策程序，完善军地联动机制，提升突发情况的高效决策能力。二是覆盖全县的信息感知系统。整合县林业局林场火情监测系统、公安局网络监管系统、太旧高速路况监控系统，使全县各应急力量能在同一指挥系统下，实现互联互通，快速掌握危机现场的情况动态，提升现场处置效能。三是建设基地化、网络化、模拟化、实战化的训练系统。以现有民兵训练基地为基础，按照"实战牵引，检验能力"的建设思路，采取嵌入、改造、新增等办法，提升现有训练装备器材的信息化含量；建设单兵、分队不同层次的实兵交战系统，复杂电磁环境下的训练演习评估系统，为提升国防后备力量信息化条件下应急应战能力打下坚实基础。

不断推进情报信息基础网络建设。在原有的要害目标信息报知点网基础上，抓好建点补盲工作，实现全县域、全要点覆盖。围绕各要害目标，以固定电话、无线电通信、卫星通信等通信手段，建设纵横交错、迂回贯通的信息网络传输网络。加强民兵信息报知分队建设，增加编制人员、加强装备配备，强化能力素质。形成以要害目标为基点、以网络传输为手段、以报知分队为骨干的信息报知基础网格。

　　努力提升信息化人才队伍建设。把提高干部队伍信息化素质作为提高战斗力的根本，坚持普及提高与重点培养相结合，区分信息指挥人才、信息化建设管理人才、信息化专业技术人才三个层次，广泛开展学信息化、钻信息化、干信息化活动。采取授课辅导、研讨交流、参观见学、宣扬典型和比武竞赛等途径，普及推广信息化知识。通过岗位练兵、建设实践、交叉任职、训练演练、战备检查、重大任务等途径，强化能力素质；通过送学培训、军地共育、理论研究等方法，提升知识层次。研究制定《信息化知识学习规划》《信息化学习奖惩激励办法》，把信息化学习情况与干部立功受奖、晋职晋衔、入学深造紧密结合起来，激发官兵学习热情。

　　"雄关漫道真如铁，而今迈步从头越"，面对新军事革命的挑战，面对国际国内复杂安全形势的挑战，面对意识形态领域两种力量的斗争和挑战，朱部长和平定人武部党委一班人头脑清醒，意志坚定，"把平定民兵建设成为党委政府靠得住，人民群众信得过，关键时刻用得上的拳头力量，这是我们——共和国军人的使命和职责"！

《阳泉日报》2012年9月20日

天堂鸟

　　5月下旬的首都北京，我们的亲密战友、部队新闻干事王敬春同志因病医治无效，匆匆走完了年仅三十五岁的人生路程。

　　在北京军区总医院简易的殡仪馆告别厅里，你静静地躺着，像在熟睡，又像是闭目思考着一篇篇文章，抑或是打造着一首首小诗，我们不相信你已经走远，甚至灵车缓缓穿过天安门广场，穿过十里长街，直至你的遗体被运进了掩映在苍松翠柏之间的八宝山去火化，我们才真正意识到了你已诀别至爱的亲朋，飞向了遥远的地方。

　　"忽闻挚友驾鹤去，泪水顿作倾盆雨。"噩耗传来，亲人们、战友们、乡亲们、报社的编辑们无不失声痛哭。你从军十五年，走遍了三晋大地的山山水水，踏遍了每一个连队，每一座哨所，与官兵一道共同感受人民军队跳动的脉搏，谱写出了一曲曲团结奋进的篇章。在汾酒的故乡，你采访过为保卫汾酒而浴血奋战的老人；在平遥古城，你采访过为恢复世界文化遗产原貌而挥汗如雨的人们。你不知疲倦地写呀写呀，走到哪儿便写到哪儿，新闻和文学作品中显示的才情和灵性打动了报社的编辑，你与他们也结下了深厚的友谊。

　　经常读报的朋友应该知道你的名字——王敬春，一个新闻干事出身的军旅诗人，一个由诗、酒、足球和歌声编织生活的勇士的名字，一个已经与我们挥手作别，踏上了生命的不归路的名字！

　　你出生在内蒙古，但不是蒙古族人。你不是蒙古族人，但却有着蒙古人的豪放、酒量与歌喉。你是内蒙古人，但你生命中最重要的、最灿烂的年华，包括你的爱情和家，却都留在了第二故乡——山西这片厚重的土地上。你只在这个世界上走过了三十五个春秋，但你的生命又是如此丰富绚丽！

你热爱军营。十五年的军旅生活，锻造出了你的坚韧和顽强。新兵下连时，别人都在专业上挑挑拣拣，你却主动要求到炊事班去养猪。连队外出驻训时，也总是干最脏最重的活。你以自己的吃苦耐劳赢得了官兵们的信赖，第二年就立了功当了班长。你只有初中文化，但却凭着两年的努力，考上了中专，成为一名军队院校系统培养的军士长。当司务长后，你成了全旅出名的红管家。由于你的卓越表现，1993年你被提为军官。之后，你立刻又开始挤出一切时间进行文化学习和写作，功夫不负有心人，几年下来，你不仅拿到了大学文凭，而且还发表了数以千计的稿件，成为一名出色的新闻干事。

你热爱诗歌。家乡贫瘠却辽远的土地，赋予了你多情而善良的心灵。你用少年的热情与幻想，顽强地抒写着一篇篇稚嫩而鲜活的诗作，抒写着对外面世界的憧憬。你的执着感动了诗神，她带你走进了绿色的军营，带你找到了美好的爱情，带你一步步迈向成功……然而，她却不和我们商量，就带你去了一个陌生的地方。是的，那里也许有屈原、李白，有陆游、辛弃疾，还有你崇拜的徐志摩、艾青、郭小川，你们可以在那里谈诗论道。但是，你让我们这些红尘中人如何再领略你美妙的诗行！

你热爱家乡的土地。每次小醉微醺，你就会深情地唱起那首《草原之夜》："美丽的夜色多沉静，草原上只留下我的琴声……"你有一副标准的男低音，你的歌唱真情专注，听者无不为你的歌声所感染。你的爱人和孩子在山西，你众多的战友和朋友在山西，你的事业在山西，但你的心却一直牵系着那片土地，你想回到故乡的怀抱。几经周折，你终于如愿以偿，调回了内蒙古。然后回到故乡仅仅两个月，你就被查出患了肺癌……

你热爱足球。算起来，你当球迷的历史少说也有十几年了吧。我们这些准球迷，还是在你的影响下才逐渐对足球产生了兴趣。记得世界杯小组赛时，我们还一起预想过中国队在世界杯赛上会有什么表现。然而，当世界杯的哨声终于吹响的那一刻，当这个世界球迷的节日终于到来的时候，你却在世界杯开始的五天前永远地闭上了渴望的眼睛。

你去了，永远地舍我们而去。敬春！我们不知道，你去的地方真的如传说中那样美丽吗？那里有绿色的军营和亲密的战友吗？那里有动人的诗歌和温馨的家园吗？那里有美酒和足球吗？我们深知，即使是羽化成鸟，一向爱唱歌的你，也不会停止歌唱，我们盼你唱着欢快的歌儿飞到我们的梦里……

《太原日报》2002年7月29日与魏宪亮、刘敏合作

我的老岳母

再过几天，就是我的老岳母离开我们一周年的日子。在这个寒冷冬夜里，回想起从作为"毛脚女婿"，1998年第一次见她，到2013年12月12日离我们而去，十五年了，仿佛就在昨天。

老岳母是典型的家庭主妇，传统的中国女性，说的话不多，更没什么过多的理论。她的勤劳与坚韧，却让每个熟悉她的人所敬佩。年轻时，岳父在太原工作，岳母在运城老家农村生活，十多年的两地分居，岳父每年在家不超过一个月，她不仅要带三个孩子，还要种地、养鸡、干农活，真是不容易。好不容易到了太原，夫妻团聚了，又为儿女上学、就业、找对象操心。2000年，我和妻子结婚后，到了家里面，老太太把我待如上宾，自己干这干那，却不舍得让我这个"小女婿"干什么活。刚结婚那几年，正好从基层连队调到军机关工作，整天加班，几乎从来没有正点下过一次班，妻子多多少少有点意见，吵架也不少，每次媳妇回娘家，老岳母都是先批评她姑娘，好像从来没有说过我，教育她姑娘要支持我的工作。

作为一名家庭妇女，老岳母既有善良、朴实的一面，更有"大气与宽容的一面"。记得无论是2007年做肺癌手术，还是去年生重病期间，其实能看出她是很痛苦的，她却总是说："你们几个都是有工作的人，我没事，该上班就好好上班去吧！别耽误了公家的事！"特别是对这个"小女婿"更是特别关心，你现在大小也是个领导了，一定要多操心，好好干，把大家的事办好，别给领导找下麻烦。去年12月12日早晨，老人家弥留之际，我才从五百公里外的工作岗位往运城老家赶，到了家中老人家已离我们而去了。在老人家的灵堂前，我泣不成声，世界上除了生我的"妈妈"，她这个"妈妈"已经走了。

六十七岁的岳母走了，她永远活在我们的心中！作为儿女，现在最重要的是，照顾好老岳父和我的爸爸妈妈，让他们开开心心地过好每一天！

我的姥爷

　　"程增业出生于1924年，1949年3月入党。他在1963年至1974年担任村党支部书记期间一心为民、大公无私。"这是2016年建党九十五周年前夕，祁县县委书记吴文生，县委副书记、县长张鹏去看望姥爷后，祁县官方新闻的介绍。2018年腊月初九，在还有不到一个月就过九十四周岁生日的姥爷在睡梦中走了！

　　姥爷出生在旧中国一个苦难家庭，出生时姥爷的父亲就去世了。在那苦难时代，姥爷是在村里吃着百家饭、穿着百家衣于艰难中慢慢长大的。十四五岁开始跟着村里放羊的人，学着放羊，整天风餐露宿。1937年抗日战争全面爆发，日军于1938年10月集中了五万兵力，由雁门关和娘子关两个方向进攻山西。姥爷是那场战争的亲历者与见证者。姥爷曾经讲过，一次在放羊的时候，一队日本鬼子看见正在放羊的姥爷，便要姥爷给他们带队，年轻又机灵的姥爷，心想绝不能替日本人做事，便利用地形和羊群的掩护，跑出了日军的视线，一路跑到平遥的山里面。之后，在平遥正式参加了革命，加入了中国共产党，入党介绍人就是后来成为山西省委常委、副省长的赵力之同志。老人家一辈子都淡泊名利，包括准确的参加革命和入党时间都应该比现在确定的要早一些，个人生活待遇从没有向组织上提出过任何的要求，到了前几年每年总共也就能发个五六千元，生活一直很艰苦，但老人家永远以知足感恩的心，对待组织，对待一切。

　　从记事起，在我印象中姥爷就是共产党员的代表。姥爷作为解放前参加工作、新中国成立前入党的老党员，时时处处严格要求自己，穿衣打扮都很讲究，虽然没有什么值钱的好衣服，但多会儿也是整洁干净，最爱穿的衣服是中山装和老军装。依然记得每逢七一、八一、十一，这些重要节日，姥爷家门口必然挂起两面红旗，九十岁后自己不能上房了，仍惦记着让弟弟或三舅把红旗挂起。从言谈举止上都坚决维护党的形象，每当在议论中，有人说对党对政府不好的言论姥爷都会理直气壮地出来制止，给人家讲道理做工作，直到讲得你心服口服。

姥爷能长寿与他老人家的勤劳是分不开的。姥爷出生在旧社会，年轻时的辛苦劳作是必须的，老人家很少讲起年轻时的苦难，讲得更多是共产党的好，讲的是新中国的好。姥爷和姥姥结婚后，先后养育了八个孩子，十六个孙子外孙都有出息，光军官就出了两个。他们把八个孩子养育成人，不辛苦是不可能的。记得他六十多岁时，还从祁县老家骑着自行车到太原看我们，自行车上还带着一车自己种的小麦玉米磨出的白面玉米面，往返一百二十多公里呀！年近九旬时，还骑着三轮车带着姥姥下地干活，他在地里劳作，姥姥在一旁坐着看着，我虽然未曾亲眼看到，但能想象到那是多么一幅温情的画面啊！

2012年初，我到平定县人武部任政委，老人家当然十分高兴，已经快九十岁的姥爷跟我说："平定出砂锅，好地方，'文化大革命'时我去过，去了以后好好干！"

大约三年前，姥爷姥姥的确显得老了，开始离不开人，需要有人照顾，姨姨舅舅开始排班轮流照看，都说人老了又变回了"小孩"，希望他的众多儿女孙子外孙，重孙重外孙，这些后代们能在身边。妈妈作为家中的老大也快七十岁了，带头认真履行着自己的职责，姨姨舅舅们也都尽心尽力地照顾，让一家人紧密团结在一起。

姥爷走了，我再次认识到，人世间谁也不可能长生不老。但人生就该如我的姥爷，活得有信念有意义！

敬礼，我的姥爷——程增业！

想起了爷爷

下午在棋牌室看见一对爷孙俩下象棋，爷爷一边下棋一边给小孙子讲"马走日，象走田……"，五六岁的小孙子用那么崇拜的眼神看着爷爷。恍惚之间，想起了三十多年前，我爷爷在北京郊区一座部队营房里，在我们家的小平房里教我下棋的情景，想起了与他老人家在一起的一幕一幕。

20世纪70年代末80年代初，爸爸在部队晋升为副营职干部，妈妈带着我和哥哥从山西祁县农村随军到北京郊区的一个部队大院，在那个大院我们生活了八个年头，印象中每年冬天爷爷都要从老家到北京过冬过年。我们家住的是里外两间的小平房，我们哥俩和爷爷就挤在外间的双人床上。

北京的冬天很冷，家里取暖就靠一个不大的蜂窝煤炉子，既能取暖，又能烧水做饭。我和哥哥放学回家一进家门，总能看到铝制的茶壶冒着热气，仿佛家里一下温暖了许多。有时候，爷爷还会在炉子里烤上几个个头不大的红薯。因为那是我和哥哥从放学路过别人已经收过的红薯地里零零散散捡回来的，黄黄的、嫩嫩的，现在想起来还是那么香。当然，爷爷饭做的饭也非常拿手，招牌菜当属山西过油肉，还有祁县"闷干肉"，似乎是周末改善生活时才能吃到。

爷爷是个言语不多、温和善良的人，好像从未见他发过火，骂过人。爸爸可是个火暴脾气的人，对我和哥哥采取的绝对的高压政策，学习不好，表现不好都是用武力解决问题（我曾经写过一篇《'打'出来的乖儿子》），每每遇见这种情况，爷爷都是想尽一切办法保护好他的爱孙——我们哥俩，采取的措施一般都是他老人家前面一挡，声音不大地说他的儿子，我的老爸"别打了，有事好好说"，我和哥就跑出去躲一会儿，不过一般是我先跑，哥在后头，有时候哥跑都不跑。回来以后老爸的气也消得差不多了。后来，我当兵到了部队，提了干，娶妻生女，无论是带兵、管自己的孩子，道理其实都差不多，有时候需要冷处理，有时候需要有个缓冲，这样处理问题效果会好许多。

　　1989年冬天，爷爷走了！那时我还不满十六岁，老人家下葬那天，作为老人家最喜欢的孙子，我披麻戴孝，哭得一塌糊涂。我第一次从真正意义上对生死、对离别有了感性认识。二十多年过去了，爷爷这位慈祥的老人，我们还会时常想起您！

边走边想

BIANZOU BIANXIANG

走进书房 感悟经典

——参观太原市图书馆马克思书房有感

  国庆节前夕，我们专门组织全所党员，来到太原市图书馆马克思书房参观学习。这是我第三次走进马克思书房，每次来了都感觉到很受教育，都有下次还要来的想法。因为马克思是"千年第一思想家"，想要学想要领会的东西太多太多了。

  马克思书房是由太原市委宣传部精心策划的，在纪念马克思两百周年诞辰之际正式开放。步入书房，映入眼帘的是一面由画框组成的背景墙，丰富的图片和翔实的文字勾勒出一个不畏艰险、矢志不渝追求真理的马克思。

  马克思书房收藏了关于马、恩、列、斯、毛、邓和习近平新时代中国特色社会主义思想等相关文献两万余册，是全国首创文献集中收藏、空间功能叠加的主题书房。在这充满书香气息和学术氛围的环境中，大家一边听讲解员讲述马克思的生平，一边翻阅相关书籍，并小声交流共同接受一次心灵的洗礼。

  习主席指出，马克思主义始终是我们党和国家的指导思想，是我们认识世界、把握规律、追求真理、改造世界的强大思想武器。新时代，中国共产党人仍要学习马克思主义，学习和实践马克思主义，高扬马克思主义伟大旗帜，不断从中汲取科学智慧和理论力量，更有定力、更有信心、更有智慧地坚持和发展新时代中国特色社会主义，让马克思、恩格斯设想的人类社会美好前景不断在中国大地上生动展现出来。

  作为党员干部，党委书记。应该在学深悟透上做表率，但在实际中确实还存在学之不深、悟之不透、浅尝辄止的问题，马克思的经典名著《资本论》《共产党宣言》，满足于读过了，看过了。真正学懂弄通，掌握精髓做得还不够，学习是贯穿人一生的重要大事，下一步就是要在学经典，读原著上下功夫。

习主席对青年工作非常重视，曾经深刻指出："只有把人生的理想融入国家和民族事业中，才能最终成就一番事业。""当代中国青年要有所作为，就必须投入人民的伟大奋斗。同人民一起奋斗，青春才能亮丽，同人民一起前进，青春才能昂扬，同人民在一起梦想，青春才能无悔。"习主席坚持马克思主义青年基本观点，丰富和创新中国共产党青年思想，指明了青年成长成才的前进方向和科学路径。

作为寻常人和基层一线带兵人，看到绝大多数青年人特别是广大青年官兵能够落实习主席指示做有志有为青年。但的的确确有一些毫无责任担当的中国式巨婴，如前段时间网上传的为要两万元现金而殴打老母亲的不孝之子。还有少数青年人刚步入军营就因为一点点的挫折困难和艰苦环境，就哭着喊着要回家。我们党和国家的事业要靠一代又一代的年轻人去奋斗去创造去努力！每每听到看到这些消息，我就忧心忡忡。好在在马克思书房我看到，几个五年级的孩子写下的话，他们从小埋下了马克思主义思想的种子，将来一定能够成长为参天大树！

一代人有一代人的使命，我们这一代青年人能否担起时代和人民赋予的历史责任，除了依靠组织培养，关键还要靠自身努力。"只要春风吹到的地方，到处是青春的野草"，乘着新时代的春风，我们青年一代要努力成为让祖国和人民满意和放心的新时代中国特色社会主义事业的合格建设者和可靠接班人！

写下这段文字恰好是国庆节，借此机会祝愿祖国繁荣富强，祝大家国庆节快乐！

到三亚，过一种慢生活

11月底，北方已是寒冷的冬日，大部分地方已经迎来了初雪。在医院工作的妻子，正好有一周的休假，于是，我赶紧写报告，找领导把假批了，马上订机票、订酒店，去那个向往已久，但从未触及过的美好之地——三亚！

工薪阶层出门，当然还要考虑经济因素，于是我们选择先飞到海口，再坐动车到三亚，一方面着实能省些银两，另外还可以在海口转转，它是我国最年轻的省会城市。坐着环岛动车走西线，一个半小时就到了三亚，看着飞驰而过的椰树林，不知道什么名字的河流，满眼的绿色，让人立刻感到很放松。

旅行的意义，我觉得就是到陌生的地方去感受那个地方的自然与人文。三亚之美，在于它的阳光，特别是此时的阳光，温暖而不灼热；空气很清新，抽根烟都比在其他地方舒服。雨林，看着绿绿的树木，让眼睛得到享受；沙滩是用来休息的，随便一躺，或仰望天空，或以观沧海；水果是新鲜的，杧果、椰子，还许多叫不上名字的水果都很好吃。

选择休息的地方是旅行的重要内容，媳妇从网上选了半天，订在三亚湾万嘉戴斯酒店，在三亚最多属于中档酒店，但环境让人很舒服，不出二百米就能到海边，还有露天游泳池，此后的几天，我没再换地方住，生活基本规律，上午出门转转景点，中午睡午觉，起床以后先在海里游，再到池里游，晒晒太阳。

在三亚待几天，似乎对人生、对世界有了新认识、新理解，好好学习，刻苦学习是走好人生路的基础，努力工作是走好人生路的支撑，好好休息、学会休息是走远人生路的保障。是啊！人生已经是太匆匆，你又何必太匆忙。

感受大美青海　感悟亲情大爱

青海是我一直想去的地方，不仅因为"大美青海，无限风光"。那里还有我的亲人，即我的二奶奶一家人。

8月上旬，利用休假时间，我和妻子专门去了青海。8月5日一早，从兰州坐动车一小时二十分钟，就到了西宁站。玉萍姑和姑夫，早早在车站等着我们，坐上车直奔家里，看望我八十九岁的二奶奶，二奶奶依然那么精神。中午时分，还在上班忙碌的海军叔叔专门赶过来，请我们吃当地最好的清真饭。吃过饭，顾不上休息，直奔三十公里外著名的塔尔寺。

塔尔寺是我国西北地区藏传佛教的活动中心，在中国及东南亚享有盛名，历代中央政府都十分推崇塔尔寺的宗教地位。酥油花、壁画和堆绣被誉为塔尔寺艺术三绝，红墙黄瓦，蓝天白云，真是美得震撼。

第二天一大早，大姑、小姑、玮玮妹、洋洋弟和我们，开两辆车向青海湖和茶卡盐湖出发。第一次开车行驶在高原路上，感觉到心情还是比较舒坦的。那天是一个多云的天气，行驶在青海湖环形路上，看着远方的蓝天、白云，近处的湖水、黄黄的油菜花、绿绿的草地，这幅美丽的画面用再好的文字也无法形容，即便看见照片，也不如身临其境去感受。我们一大家人，开车来到湖边，在湖边玩耍，打起了水漂，仿佛回到了小时候，看谁打的水漂多，我居然打了一次九个的水漂，大家在那儿高兴得欢呼鼓掌。我们又走进油菜花中间，争相合影留念。之后，我们一路向西，向茶卡盐湖前进。号称有天空之镜的茶卡盐湖景区，这几年广告做得好，客流量相当大，光进景区我们就花了一个小时，进入景区已是下午四点多钟，回西宁还有三百多公里，抓紧走走看看，返程出发已是六点多钟。我开着勇勇弟弟的比亚迪新能源混动车，这个车动力性、舒适性、经济性都是不错的。三百多公里的高原天路，我一个人一下也没休息，直接开回了西宁市。第二天聊起来，叔叔说，武艺还是可以的。我的感受是精神状态还是第一位的，只要心情好，愿意干，什么都不叫事。高原驾车，考验了我的毅力、体力和技术。

从茶卡盐湖回到西宁，已经是深夜了。第二天，在西宁休整一下。我们去了东关清真大寺和青海博物馆，对青海有了进一步的了解与感受。叔叔和姑姑说，要组织全家来一个大聚会，晚上我们早早到饭店集合，八十九岁的二奶奶坐镇，两岁的小侄女小湉湉，高兴得又蹦又跳，一大家大大小小十四个人，说说笑笑，欢聚一堂，留下了美好而长久的记忆。

碧水丹山坎布拉算是距离西宁比较近的一个景点了，位于李家峡水库，坎布拉主要以丹霞地貌的山峰和李家峡水库为主要景观，清澈的湖水、清新的空气、好像能够触手可摸的蓝天，给我留下美好的印象。在山顶上看李家峡水库湖区，似乎有点长白山天池的味道。

青海有世界屋脊之称，海拔高，西宁市平均海拔两千二百米，许多旅游景点，海拔都在三千米以上，大部分人都会有高原反应，这都是正常反应，只不过是有的人反应早一点，有的人反应晚一点。谁也别逞强，最好是一到高原就先吃上红景天，还要注意别剧烈运动。在那里我真切地感受到在青藏高原工作的同志的确比在内地工作的同志要辛苦得多。记得多年以前，听说过一句话：在高原待着就是一种奉献，更何况还要工作。

青海行，我们感受到了世界之大美，感悟到了人间之大爱。各族人民和谐相处。青海省有藏族、回族、蒙古族、土族、撒拉族等四十三个少数民族，他们互相关心，互相帮助，做到了"汉族离不开少数民族，少数民族离不开汉族，各少数民族之间也互相离不开"。人与自然和谐共生。天蓝，云白，树绿，水清，所见的每一幅画面，随手一拍都可以作为电脑的屏保。人与人之间真诚相待。青海人民热情好客，叔叔和姑姑虽然老家是山西的，但生在青海，长在青海，可以说融合了山西人和青海人的特点与优点，对人那么真诚，那么热情，每顿饭都是尽心尽力地安排，几天时间西北的牛羊肉、风味小吃，让我们吃了个够，体重长了好几斤。

　　说了不少，就用老爸的话作为这篇文章的结尾吧！"山西青海一线牵，远隔千里心相连"——崇山峻岭阻不断青晋同宗一家亲！有空回来吧！我的亲人！

贵州行

"多彩的贵州，爽爽的贵阳"，著名的遵义会议、黄果树瀑布、苗寨、侗寨都是我早想去看看、去转转、去真切感受一下的地方。我军校的三位好同学，分别在贵阳、遵义、凯里这三座城市。一座陌生的城市，因为有你们，我瞬间感到了温暖，变得那么亲切！于是贵州行既是观光游，更是感情游。

太原直飞贵阳的飞机一落地，我就感受到大西南的气候，天是阴的，空气很湿润，皮肤感到滑滑的，此后几日基本上就是这种阴阴的感觉，验证了贵州"天无三日晴，地无三尺平"的说法。这样的气候，决定了他们的饮食中必须多吃辣的，此后酸汤鱼火锅、羊肉火锅吃了个够，不仅在饭店吃还走进普通人家，吃到了纯正地道的火锅。在贵阳住了三天就住丰华同学家中，军校毕业分别二十三年又能在一起相聚也真是一种幸福！

黄果树瀑布是世界著名的大瀑布，位于安顺市镇宁布依族苗族自治县，据介绍12月是全年水量最小的时候，但在我看来已经很美了，自然风光的美丽，以我这样的平常之人，真是无法用言语来形容，看来最好的形容恐怕只有身临其境了！丰华同学专门安排他的内侄罗喜喜驾车陪我去游览黄果树瀑布，这位当了十二年的消防兵，言语不多，但能感受到经过军队培养的那份沉稳、那份实在，又一次让我感到了贵州人的热情与温暖。

从贵阳市到凯里市坐高铁只需三十八分钟，凯里市是黔东南苗族侗族自治州的首府所在地，杨贤同学在车站接上我，专门邀请了几个自主择业的老战友陪我，都是战友没有任何的生分，一个比一个热情友善。身边许多面临自主择业或退休的战友老担心，自主择业或退休以后，没了平台。

其实有这么多战友与你有一样的选择，何愁没事做？凯里的战友们各种各样的活动就很多。

中午时分，来到一个极具苗族特色的饭店用餐，吃的啥我想不起来了，但是喝到了"高山流水"，三位身着盛装的苗族姑娘，在音乐伴奏下，边唱边倒酒，让你喝个够，一下气氛就热闹起来。

吃过午饭，杨贤同学驾车来到下司古镇，这是一个非常有特色的古镇，从码头、会馆、阳明书院都能看出这里曾经的辉煌，也预示着未来随着旅游业的发展这个古镇会更吸引人。

西江千户苗寨，顾名思义有一千户规模的苗寨，是一个保存苗族"原始生态"文化完整的地方，著名文化学者余秋雨用"以美丽回答一切"来形容这里。

从凯里坐高铁转汽车，直接奔遵义，同学陈寿静接上我，安排在遵义会址附近休息。第二天一大早，我步行来到遵义会址。作为当天的第一批游客，站在会址楼前，我思绪万千，认真地拍照留念。之后走进纪念馆内，看展览，听讲解，现场近距离地学习党史军史，感受到新中国的来之不易，更加懂得"实现伟大梦想，必须进行伟大斗争"的内涵所在。遵义会议是指中国共产党在红军长征途中于1935年1月15日至17日，中共中央政治局在贵州遵义召开的独立自主地解决中国革命问题的一次极其重要的扩大会议。这次会议是在红军第五次反"围剿"失败和长征初期严重受挫的情况下，为了纠正王明"左"倾领导在军事指挥上的错误，挽救红军和中国革命的危机而召开的。遵义会议集中全力解决了当时具有决定意义的军事和组织问题，肯定了毛泽东的军事战略主张，确立了毛泽东在党和红军中的领导地位。会议在与共产国际中断联系的情况下，独立自主地做出一系列重大决策，在极其危急的情况下挽救了党，挽救了红军，挽救了中国革命，是党的历史上一个生死攸关的转折点，标志着中国共产党从幼稚走向成熟。

下午赶到七八十公里外的仁怀市茅台镇，车门一开就闻到一股强烈的酒糟味，国酒茅台看来的确不一般，在白酒行业的"老大"地位不可撼动，我们参观了中国酒文化城，对中国酒的历史，特别是茅台酒的历史有了更深入的了解。寿静同学还专门联系到茅台酒成装车间进行了参观，现实品尝到了正宗的茅台，感觉真是挺爽的。近距离了解茅台，想得最多的是我们山西汾酒，作为清香型白酒的代表，需要向茅台学习借鉴，合作交流的空间应该是很多的！

　　短短几天，看了美景，吃了美食，品了美酒，与相识二十五年的三位老同学、老战友在分别多年后又相聚，开心、放松、难忘！这便是休假的意义，人生的经历！

红岩岭游记

　　红岩岭景区位于山西省阳泉市平定县岔口乡，对于岔口我还是比较了解的，它是离平定县城比较远的一个乡。在平定工作的三年时间，我回想了一下一共去过十多次，主要是下乡镇调研、扶贫、走访，执行森林扑火任务等。

　　玉皇洞景区，位于岔口乡红岩岭村，距太原市一百二十公里、阳泉市区五十公里、石家庄市七十五公里。红岩岭村是2016年村支两委换届，由原来的主铺掌村和主铺庄两个村合并而成。记得2014年的冬天，我陪时任阳泉军分区政治部主任夏晗来这个村调研，首长要求严格，工作完在村里面吃了个便饭就回单位了，景区那么近都没有去转一转！

　　国庆假期的倒数第二天，值完班轮休，平定好友相邀，一定要去看一看红岩岭玉皇洞。早上八点多钟我们从太原驾车出发迎着朝阳一路向东，到红岩岭景区一共一百二十公里的路程，一个小时多一点就下高速，好朋友植彬夫妇、文军兄弟，已在岔口高速口早早等候，一下高速就感觉到了空气的清新，有一种放松的感觉，远处的山上红黄绿相间，色彩斑斓，满是秋的感觉！张山峪、罗面嘴、小岭、岳家庄、理家庄，这些村庄是多么的熟悉。

　　红岩岭玻璃栈道是这个国庆节刚刚投入试运行，距地面约六十米，长度有二百多米，走在上头，还是感觉挺有意思的，稍有一点紧张和恐惧。人生的过程就是体验的过程，有机会趁着年轻一定要多去体验。

　　从玻璃栈道下来直奔红岩岭村，我的妗子和好友瑞明老哥和嫂子已在村口等候。一到就在村口吃饭，吃着熟悉的平定菜，感觉既亲切又舒服。

得知我回来，银山、虎平、喜军三位老哥又专门赶过来，村里党支部郭书记也一直陪同，老友相聚真是格外的亲切，又回忆起曾经在一起共事的美好时光！

吃完饭就向玉皇洞出发，玉皇洞是一个亿年溶洞，被地质学家称为"太行第一钟乳石洞"。溶洞对于在南方喀斯特地貌比较多的桂林等地应该说是非常多的，但对于在山西这样的北方地区，应当还是比较罕见的。沿着石阶而上，从山下到洞口这段山路还是比较陡的，所以说旅游还是要趁年轻，年龄大了还真的爬不动了！或者下一步景区发展好了，应该装上一条索道，这样或许会轻松一些！在景区内看到很多石家庄的大巴旅行车，山西游客大部分都是散客，有眼光的旅行社，应该开发一下这边的旅游线路。

洞内灯光五颜六色，钟乳石形态各异，任由你展开无限的遐想，你认为它是什么它就可以是什么，一切都由你的感觉说了算。

一个半小时的行程，由爬山时的大汗淋漓，到进入溶洞里十四摄氏度到十六摄氏度的恒温，我们慢慢走下山，感觉到了一身的轻松。

我这位1981年出生的妗子，就是从这个小山村里面走出来的，从在饭店打工开始，经过多年的打拼，成立了自己的昌鑫商贸公司。尽管一路走来做得也很不容易，但始终用勤劳与智慧创造着自己的事业，独创了杏花洞藏酒，可以说是醇厚绵香，未来市场前景十分乐观。

迎着落日的夕阳回家，我回顾一天的行程，见到了老友亲人，看到了美景，真是像大荔花一样美好的一天。

游三峡

　　游三峡，是我很久以来的愿望，前段时间休假，正好实现了这个美好的愿望。相约好友卢弟，从太原直飞重庆，先是在重庆、四川广元两个地方看了看老同学、老战友，转了几个景点。这几年出去旅游，无论是跟团游还是自由行，最大的感触就是到了一个新地方，能有熟人、亲朋，最大的好处是一下子就感受到了温暖，因为他对当地熟悉，你会很快融入这个地方。我在人武部当政委时候的后勤科陶科长，就是重庆本地人，我的老同学向参谋长也转业到了重庆。老话讲"投亲不如住店"，我现在说，店可以自己住，但是老朋友一定要见一见，不过要尽量给人家少添麻烦。我总觉得人生都该讲一个情字，平日里各自忙各的事业，都有自己的家庭。远隔千山万水，来到同一个地方，在同一个时间维度能够相见相聚是多么美好的事情！陶思彪依然以后勤科长的身份给我建议："政委，重庆来了一定要游三峡。"于是，我们便买了从重庆到宜昌的船票。

　　傍晚时分，我们在朝天门码头，坐上了长江黄金2号游轮，说实话，以前大船小船也坐过几回，但17000多吨，146米长，将近30米高的豪华游轮，还是让我受到了一点点的震撼。上船安顿好，就迫不及待地在大船上转悠，先把情况搞清楚。一艘船，就是一个小社会，既有客房、健身房、餐厅、商场、游泳池，还有图书馆、酒吧，甲板上还有供直升机起降的停机坪，总之是一应俱全吧，非常的舒服。

　　晚上八点，一声长长的汽笛鸣响，开船啦！首先看到的是重庆市的夜景，的确很美，用灯火辉煌形容一点也不过分。在顶层甲板上，同行的游人们在不停地照相，拍小视频，留下重庆美丽的夜晚记忆，再见了重庆，时间太紧，我只看了你一部分的美景，以后有机会我还会再来的。

　　船沿着长江，一路向东航行。出了市区，两边渐渐地暗起来了，我们也可以睡觉了。万吨巨轮行驶得很平稳，基本感觉不到任何的晃动和颠簸。

　　凌晨，船在岸边停下来了，迷迷糊糊的，丰都鬼城就到了；丰都鬼城旧名酆都鬼城，古为"巴子别都"，东汉和帝永元二年（90年）置县，距今已有两千年的历史，位于重庆市下游丰都县的长江北岸，是长江游轮旅客的一个观光胜地，是国家首批AAAA级旅游区。它以其悠久的历史、独特的文化内涵、神奇的传说、秀美的风光和难以替代的观赏价值，不可多得的鬼文化研究载体和独特源泉，向中外游客展现出神秘的东方神韵。

　　三峡是重庆市至湖北省间的瞿塘峡、西陵峡和巫峡的总称。"朝辞白帝彩云间，千里江陵一日还，两岸猿声啼不住，轻舟已过万重山。"唐代大诗人李白这首《早发白帝城》是为三峡、为白帝城做得最好的广告。三国时期，刘备托孤也发生在这里。具体是在重庆市奉节县，在那里我还见到了二十多年没有见到的老同学，船到奉节码头，我忽然想起来在奉节还有张嗣怀同学，一个电话，老同学放下手头的事情开车到了码头，陪我转了一个小时，既看了美景，也见到了老友，真是很高兴。再者还要说明，第五版十元人民币背面就是瞿塘峡的美景。

　　游轮行驶在巫峡，船上漂亮的导游不停地介绍巫山十二峰，雄峰太多，太美，我也记不清了。以下这段话是我从网上摘抄的。巫峡绮丽幽深，以俊秀著称天下。它峡长谷深。奇峰突兀，层峦叠嶂，云腾雾绕。江流曲折，百转千回，船行其间，宛若进入奇丽的画廊，充满诗情画意。万峰磅礴一江通，锁钥荆襄气势雄是对它真实的写照，峡江两岸，青山不断，群峰如屏。船行峡中，时而大山当前，石塞疑五路；忽又峰回路转，云开别有天，宛如一条迂回曲折的画廊。巫峡两岸群峰，它们各具特色。

　　小三峡是黄金游轮，是免费赠送的游览景点。小三峡与长江三峡的宏伟壮观、雄奇险峻相比，显得秀丽别致，精巧典雅，故人们赞誉小三峡可谓"不是三峡，胜似三峡"。我们从黄金2号巨轮下来，又转乘一艘相对较小的游轮，开始游小三峡，由于大宁河小三峡开发较晚，人们的衣食住行仍旧保留着古朴习俗，加上小三峡中那些保存完好的古栈道与古悬棺等，让人感觉又有所不同，小三峡和三峡，最大的差别是它的水非常清澈。

还有要告诉大家的是，船上吃得很好，都是自助餐。其间还有船长欢迎酒会和欢送宴会。旅游市场的不断规范，让我们旅游者始终有一个很好的心情。

第三个晚上，要过著名的三峡大坝，三峡大坝没有我想象中的宏伟，但是，超出我想象中的精致。过五级船闸，正好是凌晨一点多钟，我和小卢起来，船头船尾跑了几个来回，看着巨型闸门开开关关，一步步过了三峡大坝，才去休息。天亮了，我们转乘大巴，实地参观三峡大坝，我感受到了大坝的雄伟壮观、现代科技的发达。如果说三峡是古老的代表，那无疑三峡大坝是现代工业的产物，二者相互融合，都是美的代表！

印象云南

2011年的盛夏，在老同学的邀请下，我来到了七彩云南，领略祖国西南边陲的别样风情。我为平和安静的丽江古城，为石林壮观的喀斯特地貌，为西双版纳的热带雨林，为大理三塔、苍山洱海的美景所吸引，景色之美，无数文人已经描绘得酣畅淋漓，用我的笔再去记录，自然无法去比较。但在旅游之外，还是有许多感受。

一是真诚拥护中国共产党。人民群众发自内心地热爱和拥戴中国共产党。我们看到傣族村落，门口挂的都是毛主席像。

二是各民族和谐相处。云南是一个多民族聚居的地区，共有彝族、白族、傣族、藏族等二十六个民族，大家彼此尊重，和睦相处。

三是人们生活得安逸平和。看见大家不是那么行色匆匆，不为金钱所困，大家过得舒舒服服，轻轻松松。

爱我太原，爱我家

前两天，朋友圈发了一组秋日太原的照片，获赞几百个，外省的同学、战友、朋友，写下了"景色好美""大美太原"等评论，在外工作生活的山西游子纷纷为家乡点赞。

回想起三十多年前，十二岁那年随着爸爸妈妈从北京来到太原，记得坐了一夜的火车，早上到了太原火车站，下车就被一股强烈的气味呛着了。当时太原市民基本上好多还是烧的煤炉子，条件好的单位也是集体烧锅炉，再加上太原属于重工业城市，污染确实很严重。就连太原的麻雀都和别的地方不一样，都是黑的。

谁不说俺家乡好？每个人都有自己的家乡，每个人都会热爱自己的家乡。太原是我家，我自然热爱她。太原别称并州，古称晋阳，也有龙城之称，光这几个名称，就很大气。有着四千七百多年的历史，两千五百多年的建城史，是一个有着悠久历史的老城市。这里冬暖夏凉，四季分明，夏天基本不怎么用空调，最热的天最多持续半个月。冬天家里有暖气，也很舒服。我的一位在江苏的战友，在太原买房安家，将来计划在太原养老。

太原的道路宽敞整洁，几乎都是正南正北，东西叫街，南北叫路，公共交通非常便捷，除了摩拜、小黄车这些共享单车以外，太原的公共自行车一直维护运行得很好，单日最高骑行量达到56.85万人次，累计骑行达到4.45亿人次，在全国骑出了免费率、周转率、租用率、建设速度四个第一。

今年是改革开放四十周年，太原与全国其他城市一样，这四十年发生了翻天覆地的变化。特别是近几年，高架桥、外环路建设得很快，地铁二号线正在火热施工，有了大都市、省会城市的味道。2019年全国二青盛会要在太原举办，"创建文明城市，喜迎二青盛会"的口号鼓舞人心，太原人民精神振奋，撸起袖子加油干，热情欢迎全国人民来做客。

走近右玉　领悟精神

> 右玉精神体现的是全心全意为人民服务，是迎难而上、艰苦奋斗，久久为功、利在长远。
>
> ——习近平

右玉是我在省内没有去过的几个县之一，也是我很想去学习的地方。习主席多次肯定右玉精神，作为一名共产党员，应该近距离去学习领悟。休假的后几天，相约初中的同学明明，一起走近右玉，感受美好，领悟精神。

一大早，明明就开着自家的小车来接我。从杨家峪上高速，一路向北，大约三个小时后就进了右玉的地界。过去对右玉的印象基本是晋西北的小县，右玉的羊肉好吃。如今第一次走近右玉，只能说是走近，而不敢说是走进。走近容易，但真正走进需要时间与经历，需有更深的感受。

过去的不毛之地，十八任县委书记带领全县人民，经过近七十年的不懈努力，从全县绿化面积不足0.3%，到如今已经达到54%，成了塞上绿洲，有人说有点儿像北欧的感觉，北欧我没去过，自然无法感受北欧的风情。但走近右玉，最大的感觉是干净，最多的颜色是绿色，最爽的是清新的空气。

我们怀着十分崇敬的心情，走进右玉干部学院、右玉展览馆。右玉干部学院依坡而建，整洁干净，庄重大气，想必在这样好的环境学习，一定能够学有所获。右玉展览馆坐落在学院的西南角，集中展示了近七十年历任县委领导带领全县人民，靠一把铁锹两只手艰苦创业，改变自然环境的光辉历程。总书记在五次重要场合讲到了右玉精神，这是对右玉的充分肯定，更是对山西工作的肯定，是我们干好工作的不竭精神动力。

右玉境内现存古长城八十四公里，古堡七十多座。驰名中外的杀虎口，自古就是边塞要冲，西口故里，晋商古道，是一条灿烂的历史文化走廊。我们专程赶到杀虎口，去参观游览。沧桑的历史与曾经的辉煌，战争与和平，奋斗与艰辛，让人感慨万千。

一路走一路看一路想，总书记指出右玉精神体现的是全心全意为人民服务，是迎难而上、艰苦奋斗，久久为功、利在长远。作为我们党员干部如何来践行落实右玉精神。我觉得，不仅要有一股子闯劲，更重要的是要有一股子韧劲，面对改革不断深化，各种矛盾和问题交织，每天都要面对错综复杂的问题，就是要发扬钉钉子精神，一件事一件事盯着抓，一个问题一个问题地解决，只要坚持那么一切困难和问题都将解决，最终到达胜利的彼岸。

短短几个小时，对右玉的了解只是初步的，对右玉精神的理解更是不够深刻。走近右玉只是一个开始，幸福都是奋斗出来的！我们要继续前进。

说说杭州

从杭州回来已经有几天了，总觉得想写点儿什么，只因忙于各种事务，一来没时间，二来也没心情。周末了，好不容易有点空，写几句吧！

"上有天堂，下有苏杭"，杭州之美，从古至今，多少文人墨客已描述得淋漓尽致。作为普通人，我是第二次去，算是故地重游，也写点感想吧！西湖十景，自南宋流传至今，已历七百多年，非常的美。遇上那几天杭州正好持续下雨，不高的温度、厚重的历史、美丽的环境，给我们留下了非常深刻的记忆。

除了美景以外，我给杭州总结了"两多一让"。一"多"就是树多，也就是说绿化得好！天堂之美，绿满全城。很多来杭州的人都说，在杭州真幸福，出门就是山和树，满眼都是绿。据了解，目前杭州市的森林覆盖率已达到62.8％，稳居全国副省级城市之首。在西湖景区周围，你几乎看不到建筑物，只能看到一片一片的绿色，不超过三层的建筑都掩映在绿树之间，这无疑都是前人给后人留下的宝贵财富。能有这样的绿色，能有这样的美景，听当地人讲也是经过了很多拆迁，经过不断地植树，经过多少年的持续发展，才有了今天这般美丽。

再一"多"是厕所多。一方面说明杭州作为旅游城市，来的人多，人流量大。另一方面说明以人为本的理念得到了践行。记得一位当领导的同学讲过："我们干不了惊天动地的大事，我们就干小事，哪怕修一个厕所，能让老百姓进去痛痛快快地撒一泡尿，也算我们替群众办了一件实事。"我觉得我们的各级政府官员有了这样的理念就是一种向发达地区，向先进地方学习的重要标志，是一个大进步。

这一"让"，就是礼让斑马线。在杭州，只要遇见斑马线，行人就是第一位的，不管是公交车、出租车、私家车都会远远地停下来，让行人先通过，车才会通过，而且你很少会听到有刺耳的喇叭声。礼让斑马线，我觉得除了是交通规则的要求外，更重要的是一种人文的关怀，是一种素养的体现。礼让斑马线的结果是城市文明了，交通畅快了，反映的是一个城市的文明程度。我们也欣喜地看到，从6月15日起，太原市交警支队开展"四项重点违法"，而机动车不礼让斑马线成为整治的重点之一。不过任何事情都不可能一蹴而就，都要有个过程。听杭州人讲，他们形成今天这样的习惯和自觉，也用了至少六到七年的时间，我相信太原会用时短一些。

还有，在杭州认识了山西老乡小武一家，远隔千山万水，他乡遇老乡的感觉，一家人的热情善良，让我们倍感温暖。总之，对杭州的印象是美好的，心情是愉快的，回忆是满满的！

千古雄关　温婉水乡
——冬游文化名镇娘子关

前几天，一个冷冷的冬日。相约三五好友专程去了趟娘子关。对于娘子关，应该说我还是比较熟悉的，在平定工作的那三年时间，去了应该不下几十趟。如今，再次故地重游，心中又有了新的感受，增添了许多感慨！

娘子关，为中国万里长城著名关隘，位于山西省平定县东北的绵山山麓，太行山脉西侧河北省井陉县西口。娘子关原名"苇泽关"，因唐平阳公主曾率兵驻守于此，平阳公主的部队当时人称"娘子军"，故得今名。

娘子关之美，美在其关。现存关城建于明代，有万里长城第九关之称，还被称为"先秦九塞""太行八径"，为历代兵家必争之地，有着一夫当关、万夫莫开的气势，自古以来就是军事重镇。关境内群峰耸立，是太行山上著名的军事要塞和商旅通道。秦国蒙经此至井陉进攻赵国；韩信兵出娘子关至井陉背水一战；唐宰相裴度曾驻承天军城整肃河朔；郭子仪、李光弼出娘子关平安史之乱；宋太宗从承天军进攻北汉，统一全国；明成祖为防北方瓦剌入侵，驻重兵防守；近代，娘子关人在这里一次次击退了来犯的强敌，英勇的将士们用鲜血和生命守护着这座古镇，把忠勇的精神扎根在了这方水土中。

娘子关之美，美在其水。因处在太行山的断裂带上，是华北较大的岩溶泉群，丰富的地下水资源加上熔岩地貌，使得这里水资源异常丰富，大小泉眼几百处，泉水四季喷涌，保持十八摄氏度的恒温，滋养着绿绿的水草，穿庭过户，东绕西回，家家清波临灶、户户枕水而居。作为古镇的一部分，娘子关村位于关城脚下，它依山而建，顺水而居，房舍多石头垒砌，每间房屋都有百年以上的历史。溪水沿着墙基穿房过户，打开院内的井盖，弯下腰就能掬起一捧清澈的甘泉。水从石槽流过，之后不知在什么地方消失，一扇门之外，一堵墙之后，水又汩汩流淌。三三两两的村民或聚在一起洗衣洗菜，闲话家常。自制的水动石磨上，有新鲜的米面不断被磨出，变换成各种吃食出现在餐桌上。水给了村子灵气，也给了村民生生不息的希望和动力。

娘子关之美，美在其人。这里的人民有着山西人的质朴与善良、勤劳与智慧。关键是，这里有我的老兄，我的战友，我的搭档。现任娘子关镇党委书记、娘子关管会主任朱继明，这位参加过对越自卫反击战的老兵，从驻石家庄的一个作战部队的副旅长，交流到平定，从平定县委常委、人武部部长的岗位，转业到县人大常委会任副主任，2016年县乡换届，又到娘子关任职。我与朱部长，搭了一年班子，他是部长，我是政委。之后我又接替他参加平定县委常委工作，朱老兄那种干事业的激情，那种创业敬业的劲头，我们在一起共事时我就深有感觉。如今老兄到了最基层工作，五十岁了，依然保持那种旺盛的斗志，谈起娘子关的过去如数家珍，对未来的愿景，既有长远规划，又有现实举措，我们看到工人师傅正在加紧施工，要不了多久，一条新的玻璃栈道就会在平阳湖边建起。

前段时间中央电视台《记住乡愁》栏目组，来到娘子关进行拍摄，我们期待它的播出。

太原市图书馆新馆开馆感想

国庆节，太原市新图书馆向社会开放，趁着不值班去接在那里学习的孩子，我也到图书馆转了转，看了看。第一感觉就是现代化，高大上，让人耳目一新，据说在省会城市图书馆中，排名第三。

作为一名普通的读者，除了感受很好的硬件设施以外，更能够感受到良好的服务态度、服务理念。三百六十五天不闭馆，周六日晚上八点半才下班。这就意味着每天都要有员工坚守岗位，加班加点。而且，各项服务基本都是免费的，中午食堂对外营业，两荤一素十块钱，两素一荤九块钱。这就是让广大群众共享改革发展的具体成果吧！

我们敬爱的习主席讲过，广大人民群众共享改革发展成果，是社会主义的本质要求，是我们党坚持全心全意为人民服务根本宗旨的重要体现。我们追求的富裕是全体人民的共同富裕。改革发展搞得成功不成功，最终的判断标准是人民是不是共同享受到了改革发展的成果。

面对一百多万藏书，真不知道该从哪本书看起，在浩如烟海的知识世界里，愈发感觉到自己是那么的无知，是那么的微不足道！好在我们有学习的态度、学习的精神，让学无止境，思不停歇，成为我们永远的自觉行动吧！

培训日记

2013年4月21日　星期日　阴

根据学习计划安排，我们省委党校第五十四期中青班学员来到伟人毛泽东的故乡——湖南韶山。

我们首先来到了毛主席故居。这是一栋普通的南方农舍，几间青石泥墙和黑木灰瓦搭建的平房，正中是供奉着先人牌位的堂屋，两边则分布着主人的卧房、灶间和杂房，土漆方桌、镂空合床，是典型的湖南农村家庭的用具和摆设。故居坐南朝北，靠山临塘，屋前荷花塘和南岸塘毗邻，在初春时节，湖面绿水滢滢，站在故居院内放眼环视，背依翠竹绿水，苍松翠竹把这普通的农舍映衬得生机盎然。

正是在这里，毛主席树立了人生的远大志向，在十七岁时写下了"孩儿立志出乡关，学不成名誓不还。埋骨何须桑梓地，人生无处不青山"的诗篇；三十多岁回到韶山开展农民运动，建立中共韶山支部，发动全部家人投身革命，六位至亲为革命献出宝贵生命，为新中国的建立做出非常大的牺牲。

来到主席铜像前，我们集体敬献了花篮，恭恭敬敬地鞠上三躬。他远大的志向、豪迈的气魄、心怀天下的胸襟深深地感染了我，在敬仰的同时，也激励我在今后的人生道路中走好前行的每一步。

2013年4月23日　星期二　　晴

今天我们来到井冈山接受革命传统教育。作为革命的摇篮，八十年多前的井冈山斗争奠定了中国革命的基础，点燃了中国人民武装斗争的星星之火，在此创建了中国第一个农村革命根据地，开辟了一条由农村包围城市、武装夺取政权的道路，实现了中国共产党的第一次伟大的飞跃。

坐车沿着崎岖的山路，我们来到永新县三湾改编旧址。1927年，震撼全国的秋收起义失利后，毛主席在湖南的文家市收集了余部，决定向罗霄山脉中段的井冈山进军，建立农村革命根据地。9月29日至10月3日，毛泽东率秋收起义部队在这里进行了举世闻名的"三湾改编"。这次改编，把以农民及旧军人为主要成分的革命军队建设成为一支无产阶级新型人民军队，保证了党对军队的绝对领导，党指挥枪，永远不动摇，这是政治建军的基础。

作为军队一名政工干部，通过接受教育我更加理解了党指挥枪的历史脉络，也对肩上的责任有了更清醒的认识。在今后的工作中，我们将牢牢把握党对军队的绝对领导这一不变的军魂，履行好自己的职责，不断打牢官兵忠诚于党的思想政治基础。

2013年4月24日　星期三　晴

来到井冈山后，我们学员来到了挑粮小道。八十多年前，为了粉碎敌人的军事"围剿"和经济封锁，在毛泽东、朱德带领下，红军靠着肩挑背驮把三十多万斤粮食运上了井冈山，解决了给养问题，巩固和发展了井冈山革命根据地，并最终取得了革命的胜利。

重走挑粮小道，使我亲身体验到了革命的艰难困苦，领略了革命前辈的英雄气概，使大家受到了生动的革命传统教育和心灵的洗礼，体会到了革命前辈的艰苦奋斗、革命队伍的官兵平等、革命老区的军民情深。正是通过这条小道源源不断地送粮食上山，我们的将士才能填饥坚持，取得一次又一次的胜利；也正是这条小道挑出了井冈山老区人民的深情厚谊，挑出了红军战士的斗志。这条小道具有如此的穿越力，是中国革命走向胜利的阳关大道，即从井冈山走向了延安，走向了西柏坡，走向了全中国。

　　走在挑粮小道上，我在深深思索，在今天的幸福生活中，我们能体悟到什么，我想应该是在困苦中孕育的艰苦奋斗精神，是在军民一致中体现出的团结协作精神，是改进作风中不断浓厚同人民群众的血肉感情。这种"食粮"非常宝贵，我将倍加珍惜，把这种"食粮"带到工作生活中，使之发扬光大。

闲来之想

飞机上读书

这几年，由于出差、休假的原因，坐飞机的次数多了些！长的两三个小时，短的一个小时。早就没了最初坐飞机的那种新鲜感，甚至对窗外的蓝天美景也没了兴趣！而是渐渐地喜欢上在飞机上看书的感觉，拿一本小说，或一本杂志！哪怕是航空公司的杂志，似乎读起来都比在其他地方读得有味。

在这样纷繁复杂、快节奏、高速度的社会中，能够有那么一段安静的时间静下心来读书，没有外界的干扰，忘记了烦恼，忘记了忧愁！就算有天大的事，也得等到飞机降落，手机开机再说，这时候可以忘记人世间的一切繁杂！

时间流转，岁月更迭。年龄越大，越发懂得清静的深刻内涵，有那份清静，真好！这或许才是我想要的生活！

没事的时候让自己"难受"会儿

喜欢运动的人，大抵都有这样的感受，运动到一定程度，有一个阶段会很难受，专业的语言叫作生理极限，冲过生理极限，大汗淋漓之后，会很舒服。

人生也该这样，没事让自己"难受"会儿。如同党的群众路线教育实践活动中，落实"照镜子、正衣冠、洗洗澡、治治病"的总要求，每名党员都有"红脸、出汗"的感受，有坐不住、很难受的感觉，但难受过后是一种轻松、舒畅的感觉。

学习会很"难受"。过去讲"十年寒窗苦"，如今的孩子，如果从幼儿园算起到本科毕业，恐怕要十九年时间，真可谓是二十年寒窗苦。孩子们的学习任务很重，小小年纪都背着大大的书包，学完学校的规定课程，还要报各式各样的班，孩子们学习真是过着"苦、累、紧"的日子，只有经过这样的"难受"，才能奠定人生最扎实、最必需的知识基础和做人道理。就算到成年人，面对信息时代、互联网+，你不去努力学习，不去感受点"难受"，恐怕也早就落伍于时代了。

工作会很"难受"。工农商学兵，三百六十行，要想做好工作，成为本行业本领域的行家里手，不下点功夫恐怕真不行，还要经历些磨难。农民要经过"面朝黄土，背朝天""汗珠子滚太阳"，才能换来秋天的收获；工人师傅要出大力，下苦力，才能成为"师傅"；军人要经历"夏练三伏，冬练三天"才能成为"优秀士兵"；知识分子要有经过多年的潜心研究，才能当"专家"；商人们经过千锤百炼才可成为"企业家"。特别是当领导干部，更要处理一些疑难杂症。正如习近平总书记同两百余名中央党校第一期县委书记培训座谈时指出的"县委书记责任不小、压力不小，要想当好县委书记是不容易的"。

生活会很"难受"。理想很丰满，现实都骨感。柴米油盐，衣食住行，娶妻生子，赡养老人，都需要坚强地面对，大量的具体的现实的问题要解决，有时候会觉得很累、很难受。

"难受"过后，才知道什么是"好受"。难受是人生的一种历练，是一个人从幼稚走向成熟的必由之路。难受时往往在走上坡路，只有经历风雨才能见到彩虹。

正如一位著名主持人说的，"舒舒服服过辛苦日子，辛辛苦苦过舒服日子"，真对。

愿大家天天都"过年"

"天天都过年",似乎只是小孩子们的美好幻想,甚至还有李自成进京,歌舞升平、贪图安逸之嫌,但我觉得换个角度想一想,"天天过年"也是个好事情,因为过年的感觉挺好。

首先有一个好心情。忙碌了一年,利用过年的假期好好放松一下心情,不管是工作上的烦心事,还是生活上的不如意,都可以放在一边,和亲人、朋友一起享受节日的美好,享受亲情的温暖。

再者有一个好环境。过年啦,家家户户都擦玻璃,搞卫生,把家里收拾得利利索索、干干净净,大街小巷也装扮得整洁、漂亮,处处洋溢着"年味"。

还有一份好憧憬。未来总是美好的,只要心中有希望就一定会创造美好未来。过年啦,大家在心中都会对新一年工作、生活进行描绘,充满着对新生活的希冀。

过年好,说到底是忙碌了一年的人们希望能够与家人团聚,增加一份亲情,能够始终处在一种和谐、友好的氛围中。我想在坚持以人为本,构建和谐社会的今天,想过好年也是一件重要的事情。

真诚地祝愿大家始终有一份像过年一样的好心情,有一个整洁、温馨的好环境,有一个对未来无限遐想的好憧憬。

种菜心得

在喧嚣嘈杂的市中心，有一个大大的阳台，能够种一些花花草草、蔬菜之类，满眼都是绿色，真是件惬意之事，而恰恰，我就这么有福气，拥有了这些。照着当前最时兴的微信圈里的"都市种菜"样子，找来粗细各样的PVC管，经过加工组装，固定在阳台边上，组合成立体架子，掏出一个个圆洞洞，放上泥土，便成了"菜地"。

在城里种菜大体分为两种，一种是从菜农地里直接移过来的菜苗，如西红柿等，这样来得快一些；另一种就是播下种子，浇水、施肥、松土，天要冷时还得覆个地膜，然后静静地等待种子破土，长出嫩嫩的芽，看到了点点绿色，便有了生机，充满了活力，直到看着它们一天天长大，有一天开花了、结果了。

作为一个城市里长大的人，没有更多地与土地亲密接触，或许是人过四十，对人生、对世界有了一些新的认识与感悟吧！我越来越喜欢浇水、松土、摆弄这些"农活"，享受这样的生活。

喜欢种菜的感觉，或许是因为，与其说播下的是种子，不如说种下的是希望。从把种子埋进土里的那刻起，我就充满了期待，如同小时候，大年三十晚上，期盼领大人给压岁钱一样，睡着了脸上都带着微笑。喜欢种菜的感觉，更是骨子里对土地的眷恋。土地是孕育生命的载体，是人类离不开的依靠，播下种子，收获的不仅是果实，更是对生命的一种敬畏，对未来的一丝憧憬。

说说"约束"

闲时，看了一档电视节目，一位六十多岁的大爷，身穿笔挺的西装，看身材，看气质，看那个范儿都以为是个小伙子，当主持人问起老爷子的保养秘籍时，这位北京的老小伙说："我不运动，不节食！"他保持年轻，保持身材的最大的体会就是，从年轻的时候就喜欢穿西装、衬衫这些正装，穿上这种风格的衣服就不敢松松垮垮，始终要站如松，坐如钟，站有站相，坐有坐相，几十年来始终有一种"约束"。

好一个"约束"，约束出了这位大爷的好身材、好心态、好身体。如何约束？《现代汉语词典》里解释为"限制使不越出范围"。

我穿了二十多年军装，也有深切的感受，特别是"〇七式"服装配备后，春秋常服、短袖夏常服、长袖夏常服、冬常服、礼服加上各种迷彩系列几十个品种，只要穿上军装，特别是穿上制式皮鞋，尽管穿上它绝对没有普通鞋感到舒服轻松，但必须挺直腰杆，保持一种向上挺拔的姿态，军装既是一种形象，也是对我们一种"约束"，时时处处要维护军人的良好形象。

《明史》中有这样一个故事，明太祖朱元璋一大早突然问群臣天下何人最快活。有的人说功成名就的人最快乐，有的人说富甲天下的人最快乐，答案五花八门。朱元璋听着这些回答只是颔手拈须，不以为然。这时一名叫万钢的大臣回答："畏法度者最快乐。"朱元璋连连点头，表示满意。没有规矩，不成方圆，封建王朝的帝王都知道这个道理，作为一名共产党员，我们更要有约束，守法纪，知底线，做一个有所畏惧的明白人。

送给自己的生日礼物

2009年10月13日，在即将度过三十五岁生日的时候，送给自己一份生日礼物——一台"三星"笔记本电脑。说来从1999年进机关工作，每日与电脑打交道已有十个年头。各式电脑用过若干台，今天终于拥有了自己的"小本本"。这个感觉如同一个三十五岁男人所应具备的心态，很平常、很平静。

拥有它，是想在纷繁复杂的世界里，在紧张的工作之中，给自己一个心灵的空间，用于随时记录自己的心情故事。这几年，实实在在讲，忙的确忙，事的确多，但究竟在忙点啥，真不好说，我看主要还是在忙事务性工作。忙着"跑"，就是跑腿，办会、办领导交代的事，办面上的事；忙着"喝"，就是忙于应酬、忙着交朋友。我想这或多或少与自己想要的生活远了些，与自己的追求有些差距，我想今后就可以开始写点东西了，有空就动笔吧！

2009年10月14日

少一点选择 多一份坚定

　　周末，好不容易得"闲"，躺在床上看了一晚上电视，手握遥控器，犹如弹钢琴一般在几十个台中来回选择，看见哪个台都挺好看，看见哪个台都没啥意思，一晚上真不知道看了点啥。忽然想起了小时候，电视是黑白的，节目也就是中央台等不多的几个台，我们都看得津津有味。说这些，当然我也没有反对多元化、多样化、现代化。其实，人生也是这样，选择多了、机会多了，有时自己多多少少有一些犹豫，多多少少有一些彷徨，正如我们在三岔路口时，不知该走向哪里，由此看来，少一点选择并非坏事。

我的写作方法

　　不知道自己写出的东西算上算不上是作品，写东西的过程能不能叫写作，自我安慰一下就算是吧！如果算是，我就在回想一些文字产生的过程。

　　或许，受工作、受情绪的影响，思绪也总是断继续续的，一篇自认为差不多的文章有时候需要好长时间。养成的好习惯是能够把思考中突然一闪的词句抓紧写出来，以至于笔记本电脑桌面上同时放着若干的文件，有的可能只是个空夹子，有的是三言两语地写了一点。好在这么多年没有懈怠，脑子还在一直动，键盘还在不停地敲击，尽管有些慢，但只要不停止，总会有收获！

基层干部要防止"弱、懒、笨"现象

弱，就是不强，主要表现在政治不够敏锐，想问题简单化，往往是只盯着自己的一亩三分地。

懒，就是不勤快，主要表现是"脑懒"不想事，"手懒"不愿干，"脚懒"不深入。工作不主动、不积极，推一推动一动，甚至推也推不动。

笨，就是方法不多，办法不灵，缺乏干成事的能力。

人生悟语

☆ 人一辈子要多做好事，不做坏事，少做错事。

☆ 人往往都是没得到时想拥有，得到后却不珍惜，失去之后又懊悔。所以，还是珍惜现在所拥有的一切吧！

☆ 当断必断，不留后患。

☆ 吃小亏，享大福。小幸福积攒多了便成了大幸福。

☆ 坚持就是胜利，坚持才能胜利。

☆ 也问也答：是网聊，还是无聊。

☆ 常动脑，记性好。学照相，悟人生。

☆ 镜头里面看世界，记录人生，定格精彩，留住永恒。

☆ 摄影的神奇之处就是化瞬间为永恒。

☆ 照一百张片子，能选出十张满意的就是可以了。看来做任何事都不可能十全十美。

有的人平日里看见长得挺漂亮，但照出相来却一般，这叫"不上相"；有的人平日里看见长相平平，但照出相来却很美，这叫"会照相"。感悟：理想与现实永远是有差距的。

☆ 要想照出好片子，穿着精精干干是绝对不行的。感悟：干好工作必须扑下身子，真抓实干才能抓好落实。

☆ 骑车三好处，一省钱，二不堵，三锻炼身体。

☆ 年龄越大越爱听那首《常回家看看》，越懂得它的意味。朋友们有空就回家看看吧，别光唱！

☆ 希望越大失望越大，没有希望，也不存在什么失望了。

☆ 其实世界很公平，你在哪个方面下的功夫大，你在哪个方面的收获就大。

☆ 吃苦是必须的，如同女人要成为母亲，必须经历痛苦的分娩。

☆ 别整天琢磨着往好部门钻，其实那绝对不是什么好事，诱惑太多容易让人失去自我，当心出大事！——一些重要部门接连出事后的感受。

☆ 当领导的头脑一定要清醒，记住谁在你面前说别人的坏话，谁就是坏人。

☆ 穿衣服一定要讲究，他是一个人精神面貌的反映。

☆ 有时候等一等并不是坏事。

☆ 有个性是好事，太有个性要找事。

☆ 奋斗的人生最精彩，奋斗的过程最幸福。

☆ 住在再豪华的宾馆也不自在，因为它缺少家的感觉。

☆ 天天早起是良好精神状态的反映。

☆ 整天坐在屋里，写不出什么好文章。

☆ 再难过的日子挺一挺也就过去了。

☆ 性格决定命运，心态决定成败。

☆ 偶尔出点小情况不见得是坏事，因为它让我们清醒。

☆ 喜欢干吗非要拥有？

☆ 内心的孤独恐怕只有自己知道。

☆ 在职领导说话叫指示，退休领导说话是唠叨。在职领导讲的话都觉得挺有道理，退休领导讲话十分钟就嫌烦了。

☆ 一个人害怕的事往往是一个人应该做的事。

☆ 人一辈子总会遇到一些不愉快的事、一些让你不痛快的人。这都不怕，时间是解决一切问题的最好办法。

☆ 没事别找事，有事不怕事。

☆ 人一辈子怎么也得读点东西。

☆ 跳出小圈子，谋求大发展。

☆ 一个人思想有多远，才能走多远。

☆ 占领思想的制高点，站得高才能望得远。

☆ 谁也别说自己年轻，放你两年就不年轻了。

☆ 偶尔喝点酒并不是坏事，出灵感。

☆ 吃饭绝对是个大经济。

☆ 开始躲酒了，说明你长大了！

☆ 一个人成功与不成功主要差别在八小时以外，这是个大实话。

☆ 一天一百字，十天就一千字。一年至少三万字，五年十五万字，这么一算，当个作家还真不是什么难事。

☆ 感情是处出来的，在一起久了才会有感情，所以一定要珍惜，在一起的一切。老战友在一起时，聊的大多是过去的故事。

☆ 记住别人的名字是很重要的细节，这是让人感到有尊严的重要举措。

☆ 做好人、办好事、创美景。

☆ 有了灵感赶快记下来，要不就不是灵感了。

☆ 做一个思想者，做一个行路者。

☆ 驾驶违章后，首先想到的是赶快找人，其实按规矩办事，谁也不用求。

☆ 说一千道一万干啥还得靠自己。

☆ 思想要放开想，行动要小心做。

☆ 永远年轻、永远美丽、永远健康，这些都是不可能实现的，但我们要永远去追求，这是可能的……

☆ 我们追求完美，但事实上那是不可能的。所以，我们还是继续追求吧！

☆ 有些伤口永远无法愈合，有些错误永远不能原谅。

☆ 有一种得到叫失去，有一种胜利叫撤退。

☆ 孝敬老人还有个很好的方法，就是给他们安排任务，在他们身体允许的情况，诸如看看孩子、做做家务，让他们感到被需要，有作用。

☆ 一定要对老干部好，因为他是历史的创造者，是事件的亲历者，是我们未来都必须经历的时代。

☆ 不管多老，气质改不了。

☆ 越老越要学习，要不就傻了。

☆ 谁说多操心不好——多操心能长寿。88岁的奶奶能准确地叫出中央电视台《天气预报》主持人的名字，你说不操心能记住这么多人吗？

☆ 脑子常动，思想才能常新。

☆ 爱就爱了，不爱就别爱了。时间是冲淡一切最好的药剂。

☆ 朋友是一辈子的好。

☆ 印象很关键，决定很多东西。

☆ 给自己心灵深处永远都要留一点点空间。

☆ 感觉再一般的地方待着久了也会有感情。

☆ 夏天，太热啦！那就对了，要不就不是夏天了！

☆ 要想得到别人的尊重，首先要尊重别人。要想让别人尊重自己，首先自己值得尊重。

☆ 要想成事，首先自己能成事。

☆ 日积月累，天长地久。

☆ 永远做个干干净净的人。

☆ 放松心情，传递快乐。

☆ 思念是一种美丽，回忆是一种享受！记住该记住的，忘记该忘记的！

☆ 伤心吧！被伤害的多了就好了！

☆ 能写出好词一般是心情特好或者心情特糟时。感悟：太平淡了啥也干不成。

☆ 时间与金钱，时间是宝贵的，有时时间是可以用金钱来换取的，比如距离遥远，坐飞机就要比火车、汽车快得多。

☆ 要想当好人，就要比别人累。

☆ 急躁心态下，干出的活一定没质量。

☆ 活在当下，干好现在的事。

☆ 求谁也不如求自己。

☆ 想法太多就成欲望了。

☆ 勤奋是解决一切问题的基础。

☆ 人要实在，但脑子一定要灵光。

☆ 买书花多少钱也别心疼。

☆ 有什么条件打什么仗，在什么位置说什么话。

☆ 其实人生特短暂，十年前的事仿佛刚刚发生，与老战友相见格外亲切！

☆ 语言是思想的反映，讲话有水平的人，是他思想有水平。

☆ 好事要办好，能办的事立即办。

☆ 当官要随遇而安，挣钱要适可而止。

☆ 人生就是这样有些东西体验体验就可以啦！

☆ 简简单单的生活最快乐。

☆ 有些感觉很遥远的事，转眼就到眼前了，说明我们老了。

☆ 年，我们早就不盼着过了。

☆ 话说得再好，讲得太长也就没人听了。

☆ 学会控制情绪是成熟的重要标志。

☆ 活的是精神，决定的是心态。

☆ 永远做个清醒的人。

☆ 一定和直接领导处理好关系。

☆ 我喜欢慢慢地走，在前行中思考问题，提升人生的品质。

☆ 人生苦短，生命无常，我们需要珍惜的东西太多了。

☆ 说通俗的话，说短话，别绕得太远，得让别人能听得进去。

☆ 话说得太多了就淡了，如同茶叶冲多了就成树叶了。

☆ 能清静读书真好！

☆ 时间越宽裕，效果越明显。

☆ 一个人最大的快乐，就是成就别人的快乐。

☆ 一个人最大的成就，就是培养了一批人才。

☆ 自己有实力别人才会把你当回事，大到一个国家，小到一个人都是这个道理。

☆ 当主官这么多年，愈来愈来感到，不仅仅是当了几年领导让你学了多少东西，长了多少本事，更重要的是，懂得不冷漠，对人对事都要有热度、有温度。

☆ 美好的东西永远不过时。

☆ 艰苦时刻才能衬托出美好时光。

☆ 麻烦添友谊，打扰促感情。

☆ 要想走得快，一个人走。要想走得远，大家一起走。

☆ 再忙也不能忘记加强学习，再忙也不能忘记锻炼身体，再忙也不能忘记孝敬老人，再忙也不能忘记思考问题。

☆ 做人做事善良是重要的品质，所以我始终善良。

☆ 语言是思想的反映，思想是行动的先导。

☆ 放下了也就放松了！想开了也就开心了！

☆ 不在现场永远不会有身临其境的感受！

☆ 一个人有一个人做人做事的风格，别人的优点必须学，但也没必要刻意模仿别人，做真实的自己就好！

☆ 四十岁了，四十不惑的确说得挺好！人生到这个时候，看透了许多！看淡了许多！也没有太多的疑惑！

☆ 讲话的艺术，会讲话不是让你说假话、恭维的话，而是要说真诚的话，有见地的话！

☆ 忘掉那些不值得记忆的人，省得伤了自己！

☆ 就这样吧！让时间冲淡一切，让距离忘记过去。

☆ 不要轻易爱，爱了就别放手。

☆ 每个人走过的路不一样，但奋斗的过程却都艰辛！

☆ 良好的沟通是化解矛盾、消除隔阂的最好办法，所以有话一定要好好说。

☆ 我喜欢走路，在前行中，放松心情，思索人生。

☆ 什么是好人？一个重要的标志，就是把别人的好永远记着，自己对别人的好，却早已忘记。

☆ 在虚拟的世界里，有多少真实的自己。

☆ 不一样的路，不一样的人生。

☆ 刚刚经历的事情，转眼就成了过去。昨天的事情，转眼就成了历史。

☆ 做人做事做文章，用心开心操够心。

☆ 种子的神奇，不仅它有向上的力量，能够开花结果，成长为参天大树。更因为它有向下的力量，深扎沃土，固本强基。

☆ 占小便宜吃大亏。占的小便宜要吐出来，占的大便宜会让你倒下去。

☆ 仕途无追求，人生有乐趣。

☆ 和喜欢的人在一起是享受，和不喜欢的人在一起是忍受！

☆ 让思想丰满，让精神富有。

☆ 年轻时的思恋，必将成为一生的思念。

☆ 格局要大，心胸要大，脾气要小。

☆ 都说境由心造，我说，环境也造就心境。

☆ 找事情做容易，找钱挣难。

☆ 回忆总是美好的，当下似乎都烦恼。

☆ 人生已经是太匆匆，你又何必太匆忙。

☆ 有一种责任叫坚守，有一种光荣叫值班。

☆ 走着走就散了，说着说着就淡了。

☆ 要好好地珍惜在一起相处的日子，因为一旦分开了，再相聚也就是一会会儿的工夫！

☆ 发一百条微信不如打一个电话，打一百个电话，不如见个面。

☆ 副职要成为主官的"助手"，成为参谋干事的"帮手"，成为抓工作的"强手"。

☆ 白天踢正步，晚上演节目。——抓业余演出队建设的记忆

☆ 做好基层安全稳定工作，要依靠全体官兵整体素质的提升。

☆ 会写点东西，绝不是简简单单有点文字功底，而是他思想水平、能力素质的综合反映。

☆ 枪法是打出来的，不是吹出来的，是子弹喂出来的。

☆ 不要羡慕别人钱多，不要羡慕别人车好，不要羡慕别人房大。够生活、能出行、活快乐就好了。

☆ 还是脚踏实地的感觉好，老在上面漂的不舒服。——坐飞机的感受！干工作也一样，还是深入基层，扎实抓落实好，浮在上面谁也不自在。

☆ 剪贴本不过时，在当前信息化、网络化的时代，学习知识，收集、整理资料已经变得轻而易举，而我对最原始的剪报情有独钟，工作需要时，或闲暇时，翻出来看看，感觉还是很不错的。

☆ 能力素质关乎事业成败，决定工作的好坏。

☆ 能力素质是逼出来的。

☆ 别怕辛苦，学来本事是自己的。怕辛苦，学不来本事也是自己的。

☆ 工作再忙也要写点东西，别老想着退了休不忙时再写，到时候可能什么都也写不出来了，因为没了那么多感受和灵感。

☆ 统分结合、疏堵结合、劳逸结合、严爱结合，这些都是带兵必须搞明白的。

☆ 出本书并不是什么难事，关键是从中你学到了什么，给别人有多少启示。

☆ 学习史决定成长史，学习力决定创造力。

☆ 官难当，当官难。人难管，管人难。

☆ 不出事怎么说你好都行，出了事怎么说你不行都行。

☆ 做人要实，讲话要真，办事要稳。

☆ 爱兵要深，用兵才能狠。

☆ 考核不好，受批评。弄虚作假，受处理。领导机关这样抓作风建设，风气才可能好转。

☆ 诚心待人，静心学习，安心工作。

☆ 带着激情干工作。

☆ 把方向、搞协调、抓安全，是一个领导应尽的职责。

☆ 老兵意味着成熟与担当，新兵代表着朝气与未来。

☆ 静与闹，作文章时需要静，想文章时可以闹一点。

☆ 善于沟通，学会倾听。

☆ 工作再忙，也不能放松学习，生活再累也不能疏于思考。

☆ 安全就是幸福，安全就是财富。

☆ 有时候，当领导的管得不是越细越好，但了解情况越多越好。

☆ 有些事努力努力就办成了，这或许就是毅力和耐力。

☆ 有些人不愿开会，坐不住，听不进，我觉得开会挺好，可以认真听，可以用心学，可以努力想，可以使劲写。

领会意图、搞准方向、符合要求都是写文章的基本要求。

加班的人是少数的，提官的也是少数的，加班的不一定提官，但提官的应该都常加班。

有些同志干了点工作取得点成绩就四处宣扬，一遇到批评就牢骚满腹，这都是不成熟的标志。

☆ 作为作家，要想写出像样的东西，至少具备三个条件，一是文化的积淀。必须要有一定的文化文学基础，特别要有大量的阅读作支撑。二是生活的感受。没有生活的感悟，没有与人与事的接触，哪来创作的基础。三是思索的归纳。不琢磨，不想事，没有理性的思考，写出的东西最多是本流水账。

☆ 喝多了大多是自己喝的时候就准备多了，喝不多主要脑子里就有根不能喝多的"弦"，这个弦很重要，常绑着点，人不会出问题。

喝酒时幸福，喝酒让人兴奋。不喝酒时也幸福，不喝酒让人清醒。喝酒与不喝酒感觉都挺好。

要当好人，但别当老好人。

要聪明，但别太聪明。

要自信，但别自负。

要自爱，但别自恋。

戎装在身显飒爽，

使命如山写忠诚。

艰苦环境练意志，

褪去浮华创佳绩。

中秋月圆秋渐浓，

西山驻训演兵忙。

环境艰苦不言苦，

从严锤打意志坚。

官兵一致传统好，

刻苦训练成绩佳。

2010年9月22日（中秋节）红沟靶场

静与闹

做文章需要静，想文章有时需要闹一点。

太闹太静恐怕都不是人生的状态，静的太久需要热闹一下，热闹了半天就要静静了。

越来越

越来越喜欢水行千米，越来越不喜欢推杯换盏，

越来越喜欢在家吃饭，越来越不喜欢在外应酬，

越来越喜欢背上相机到山间田地行走，越来越不喜欢在钢筋水泥的丛林中穿梭。

越来越回忆的是过去，越来越思考的是未来。

新与旧

衣服是新的好，人是旧的好；

新是短暂的，旧是长久的；

有新就有旧，有旧才有新；

新的早晚要变成旧的，

旧的曾经都是新的。